KB021613

겪고, 선택하고, 연습하며,

겪고, 선택하고, 연습하며,

김영식 수필

문학나무

지금 이대로 괜찮다

자주 아프고 통증이 극심해도 죽지 않는다. 차라리 아침에 눈 뜨지 말았으면 싶을 때도 있었다. 하지만 내 깊은 속에서는 살고 싶었다. 나의 생명에 예의를 갖추고 싶었다.

몸도 마음도 마음대로 되지 않아서 절망이 가득할 때 대체의학을 만나고 요가테라피를 접하고 명상으로 이어졌다. 내 몸과 마음을 만나게 되었다.

명상하며 나의 호흡에 집중하다 보니 화나고 억울하고 슬픔이 가득했다. 그 감정들과 마주하느라 3년 동안 열일곱 권의 일기를 썼다. 내가 온갖 투정을 부려도 질책하지 않는 일기였다. 나에게 글쓰기는 실체가 무엇인지 관찰하는 도구다.

명상을 본격적으로 시작한 지 3년이 지났다. 여전히

흔들리고 잡념이 많고 때로 감당하기 힘든 우울감에 빠지기도 한다. 그런데 그 사이사이의 틈바구니가 편안함으로 물든다. 내가 못마땅해서 자책의 화살을 쏘다가도 '그렇구나' 알아차리고 멈춘다.

명상할 때 산란하다가 고요해지고, 눈물이 나다가 미소가 번진다. 나와 세상의 모든 존재에 대해 연민의 마음이 차오른다. 아마도 수시로 정화하기를 하며 여유가 생기는 것 같다. 여유 없이 강퍅한 마음이 올라오면 '그렇구나' 알아차리고 멈출 뿐 나와 세상의 모두에게 되갚음 하지 않으려고 한다. 사랑은 나누고 청소는 기꺼이 하려고 한다.

일상을 챙기는 시간이 좋다. 일정한 시간 명상하고 산책하고 스트레칭을 한다. 달팽이가 보기에는 느려도 꾸준히 움직이듯이 내가 변화하는 과정에 있다. '지금'이 감사하다. '지금'에 집중하는 게 좋다.

나는 어떤 일이든 겪으려고 한다.
나는 선택의 힘이 나에게 있음을 안다.
나는 자유로워지고 행복해지는 연습을 한다.

완벽해서가 아니라 지금 이대로 괜찮다. 내가 살면서 이렇게 편안한 적이 있나 싶다. 나이 먹는 게 좋다는 생각이 든다. 마음이 가벼워지고 몸도 편안해지고 있다.

얼마 전, 힘든 시간을 살아내느라 여행은 생각도 못하고 살아오신 어머니와 여행을 했다. 좋은 호텔에서 지내며 맛있는 음식을 먹고 편안하게 지냈다. 여기저기 둘러보려 애쓰지 않고 그저 어머니와의 시간에 집중했다. 내 옆에 손잡을 수 있는 어머니와 함께 하는 순간이 감사했다. 어머니와 여행하기로 선택하고, 그 시간에 집중하기로 선택하자, 이래야 한다거나 저래야 한다면서 끄달리지 않았다. 어머니가 여행하다 "내가 꿈을 꾸는 것 같다."고 말씀하셔서 뭉클했다. 나에게 이런 시간을 허락해준 어머니에게 감사하다. 어머니가 지팡이 짚으며 걸을 수 있어서 감사하다. 사랑으로 물드는 순간을 허락해준 우주에 감사하다.

내가 마주해야 할 일을 더 이상 회피하지 못하도록 질병이 찾아왔었다는 생각이 든다. 이름만 들으면 사람들이 "아!" 할만한 질병이 아니라 매 순간이 불편함으로 물들어 있는 날들의 연속이었다. 어느 순간부터 약으로 해결되지 않았다. 입원과 약으로 해결되지 않는 통증이 나를 들여다보고 관찰하고 깨달을 수 있도록 인도해 주었으니 이 또한 감사하다.

내가 나의 통증들을 충분히 들여다보자 사라졌다. 최

소한 하루종일 아픈 게 아니라 통증이 나타났다가 사라지고 통증이 없을 때가 많다는 것을 알게 되었다. 아픈 마음을 들여다보지 않아 몸이 아팠다는 것을 알게 되었다.

마음을 들여다보자 어려서부터 해소되지 않은 나의 상처가 보였다. 내 가슴을 토닥여주고 실컷 울게 했다. 열일곱 권의 일기를 쓰며 화도 내고 수시로 울고 정화하자 나에게 상처 준 사람들의 상황이 이해되었다. 그리고 그들의 상처가 보였다. 나도 그들도 그저 사랑하고 사랑받고 싶을 뿐임을 받아들였다. 이 과정들을 거치며 '감사'가 차오른다. 자유롭고 행복하다.

허투루 만난 인연이 없다. 나에게 명상을 소개해주고 방법을 알려준 스승들에게 감사하다. 내 인생에서 부대낌과 배움의 장을 펼쳐주고 깨닫도록 도와준 많은 스승에게 한없는 감사를 드린다. 모두 나에게 가르침을 선사했다. 지금도 인연이 되는 분들에게 감사하고 연락은 끊어졌으나 어딘가 있을 그분들에게 감사하다. 나의 가장 가까운 곳에서 스승의 역할, 조력자 역할을 해주는 남편과 딸에게도 무한 감사하다.

마주하고 겪을수록, 선택하고 책임질수록, 자유롭고 행복해지는 연습을 할수록 '지금'이라는 일상이 소중하다. 따뜻한 햇볕 아래 살랑대는 나무들을 바라보며 눈물이 난다. 이토록 아름다운 순간과 만나고 있어서 감사하다.

　고단했던 나의 모든 순간들에 미안하고 내가 알게 모르게 누군가를 고단하게 했다면 더없이 미안하다. 내가 옳다며 줬던 힘을 빼고 용서한다. 속을 들여다보면 사랑하고 사랑받고 싶은 마음이다. 그 마음 인정하고 나니 고요해지면서 감사로 물든다. 지금 이대로 괜찮다.

2021년 7월
김영식

　　　　　　　　　　　　　　　　　작가의 말

차례

3부
속을 들여다보면 사랑이

늘 도망가려던 내 삶의 태도에 미안하다. 이제, 도망치고 싶지 않다
좀 어려워도 나를 보살피면서 살고 싶다

1부

고단했던 순간들 미안해

B형 독감을 겪으며

나는 통증의 어두운 터널 속에 있다. 주저앉아 울고 싶지만 그래봤자 답이 없어서 걷고 있다. 터널이 끝날 즈음이면 빛이 들어오기를 기대하면서. 아파서 몹시 서럽던 날 질병은 고통이 아니라 축복이고 메시지라는 말을 들었다. 내가 질병을 통해 깨달아야 할 게 무엇일까?

B형 독감은 A형 독감에 비해 가볍게 지나간다는데 나는 오한, 고열, 두통, 목 아픔, 복통, 어지럼증, 축 처짐 등의 증상을 동반했다. 귀 뒤쪽과 눈 옆쪽에서 위층 욕실 공사하듯이 드르륵거리며 깊이 파고드는 통증으로 눈을 뜰 수 없었다. 지나가고 멈추기만 기다려야 했다. 지난주 월요일에 병원에서 독감 검사를 했을 때는 정상이었다. 너무 아파서 화요일에 다른 병원에 갔고 혈액검

사, 엑스레이 검사를 했는데 바이러스 염증이라고 했다. 의사는 독감일 가능성이 높다며 정밀검사를 권했다. 화요일에 검사하고 목요일에 결과 들으러 가니까 B형 독감이라고 했다. 의사는 B형 독감은 오랫동안 고통을 호소하는 환자들도 간혹 있다며 몸 관리를 잘하라고 했다. 목이 너무 심하게 부었다며 이비인후과로 협진을 요청해줬는데 편도, 인두, 후두, 성대 모두 심하게 부었으니 말을 하지 말란다. 그리고 혈액검사에서 또 혈소판 수치가 떨어졌다.

내가 전염병에 걸렸다는 게 당황스럽고 여기저기 너무 아픈데 혈소판 수치까지 떨어져서 속상하다. 정상수치가 13만 이상인데 지금처럼 8만으로 나올 때 의사들은 '수치가 낮네요' 하며 크게 신경 안 쓰다가 5만 정도로 수치가 떨어지면 다른 부분은 신경 안 쓰고 혈소판 수치에 대해서만 말한다. 백혈병 검사를 하자고도 하고, 여러 가지 위험성을 말한다.

"어째서 몸의 통증이 이리도 강렬하고, 열나고, 기운 없고, 아플까?"

독감약 타미플루를 5일 동안 다 먹고도 열이 계속 나고 몸은 처지고 어지럽다. 회사에 출근할 수 없다는 연락을 했다. 한동안 이러고 있으니까 몸 아픈 것도 힘들고 마음도 괴롭다. 직장에 출근할 수 없어서 미안하고 눈치를 보게 된다.

몸의 치유를 위해 요가테라피를 하고 있다. 선생님은 몸의 통증들을 통해 내가 맑아졌다고 말한다. 통증들을 통해 내 몸의 상태를 정확하게 의식意識한다는 거다. 너무 아플 때 나는 호흡을 잘하려고 노력한다. 약을 먹었는데도 열나고 머리가 끊어질 듯 아플 때 의식적으로 호흡을 깊이, 제대로 하려고 한다. 당장 아파서 죽을 것 같은 느낌이다가도 통증들이 끝없이 이어지는 게 아니라 잠깐씩 멈추는 것을 지켜본다. 멈춤이 느껴지면 고되던 마음도 진정된다. 지금의 통증이 지나간다는 의식에 닿으면서 잠이 들기도 한다.

오늘은 내 몸의 통증을 지켜보며 괴롭다. 한동안 회사도 못 가고 독감약이나 항생제, 진통제 등을 잘 챙겨 먹었지만 나는 아직도 힘들다. 버티려고 애쓰는데 외줄에 서서 발 디디지 못하고 떨고 있다.

최선의 선택은 '힘들어도 아픈 게 지나갈' 거라며 위로하고 토닥토닥 해주기라는 것을 안다. 자주 아프고, 한 번 아프면 긴 시간 괴로워하며 지칠 때도 있지만 종착역은 늘 그랬다. 가족의 짐이 될 수 없고, 계속 지쳐 있으면 나를 추스를 수가 없어서다. 고된 순간을 겪는 내 몸이 주의를 모아 조금이라도 에너지를 쓸 수 있도록 '스스로 토닥토닥 해주기'를 선택해야 한다.

"괜찮다, 아프느라 고생했다. 어쨌든 이번에도 통증들이 지나가고 있구나, 병원에서 심각한 질병이라고 하지 않았으니 다행이다. 감사하자. 통증과 통증 사이에 틈이 있다는 걸 봤네. 호흡을 잘해서 내 몸과 좋은 친구가 되도록 좀 더 노력해 보자……."

그러나, 나는 지금 이 답을 선뜻 선택할 수 없다. 지쳤다. 질병이 고통이 아니라 축복이고 메시지라는 지인의 말에 'Yes'라고 말하기가 어렵다. 내가 전생에 쌓은 카르마가 많아서 통증을 통해 정화해야 할 게 많은 삶이라고 신이 말씀하신다면 억울하다고 말하고 싶다. 15년 넘게 그만큼 아팠으면 된 거 아닌지, 차라리 태어나게 하지 말지 왜 태어나게 하고 몸으로 오는 통증과 친구가 되어 보려고 이렇게 애를 써야 하는지 따지고 싶다.

하지만, 이런 젠장! 내가 신에게 따지면 신도 할 말이 있을 것 같다.

"너, 몸의 소리에 얼마나 귀 기울이니? 몸과 어떤 친구야?"

몸과 친구라면 어떤 수준의 관계여야 할까? 통증과 친구가 되는 게 아니라 몸과 친구 되는 거다. 몸이 통증을 통해 내게 말을 걸어왔다. 나는 '통증, 네가 또 왔다'며 몸을 보지 않고 통증만 보고 있다. 분명 몸이 바랐던 바는 아닐 거다. 지금까지 몸과 마음을 마주하며 내가 닿은 지점은 어떻게 아픈지 그대로 느끼는 거다. 몸에 통증이 있을 때 조절은 할 수 없어도 호흡을 통하여 안정을 기할 수는 있다.

생각보다 더 많이 긴장하는 내 몸을 느낀다. 몸이 통증을 통해서 내가 봐주기를 원했던 게 무엇인지 찾아야 한다. 2주 동안 암팡지게 아프다. 내일은 꼭 출근할 수 있으면 좋겠다. 아니, 꼭 출근하련다. 어쨌든 하루하루가 모여서 내 인생이 되는 거다. 자주 아픈 것에 대해 누군가에게 따지고 싶은 마음 내려놓고 일상을 챙기다 보면 질병이 고통이 아니라 축복이라는 것을 깨닫고 내 몸과 다정한 친구로 사는 날도 오겠지…….

나에 대한 '예의 씨앗'

내가 누구인지 모르겠다.
나는 어떻게 살아야 하는지 모르겠다.
내가 잘 못 사는 것 같아서 답답하다.

몸이 살만해지니까 짜증 낸다는 말에 상처 입었다. 내가 또 누군가에게 기대려고 했다는 것을 깨닫는다. 내가 기대려고 했으니 있는 그대로 받아들여야 한다.

하지만, 거부하고 싶다. 끝없이 수용하고 배우는 역할의 인생이 버겁다. 사랑이 넘쳐나서 모두를 포용하고 행복하게 살던지 아니면 주변의 어떤 것에도 흔들리지 않는 강인함으로 존재하면 좋을 텐데 나는 이도 저도 아니다. 매번 흔들리고 주변에 찔려서 아프다.

주변의 모든 것들로부터 완전히 분리되면 내가 누구인지 알 수 있을까? 아니, 아니다. 지금 형성되어 있는 모든 관계로부터 멀리 도망가도 또 다른 누군가와 연결될 거다. 완전히 혼자인 '나'는 존재할 수 없다. 도망쳐봐야 별반 다르지 않을 인생살이에서 나는 어떻게 살아야 하나? 나는 왜 이렇게 힘들어 하나? 별 볼 일 없는 인생이라 더 부대끼나? 답답하다.

별 볼 일 없는 인생을 살아가고 있다는 것과 마주하면 허망하다. 목숨 붙어 있는 나에게 예의 없다는 생각이 든다. 절망과 마주하다가도 나에게 예의를 갖추려 다시 추스르기를 반복했다. 어쩌면 나에게 예의를 갖추려는 태도가 우울증의 늪으로 깊이 들어가지 않도록 막아주는 씨앗인지도 모른다. 버겁지만 그 씨앗을 품고 일어서기도 하고 걷기도 한다. 지금처럼 꼼짝 못 하고 있을 때도 있지만 씨앗을 간직하고 있다.

삶은 누군가에게 기대하고 바랄 게 없음을 온전히 받아들여야 평화가 찾아온다. 내가 머리로 이해하고 일상 속에서는 잊어버려서 부대끼는 지점이 여기다. 나를 괴롭게 하는 부대낌도 끝내는 내 속의 바람에서 비롯된다. 누군가에게 기대하고 바랄 게 없음을 알면서도 놓치고 나서 괴로움의 두 번째 화살까지 끌어들인 것 같다.

괴로움에 차 있어서 일상을 챙기기가 어려웠다. 며칠 동안 넷플릭스를 통해 16부작 드라마를 봤다. 몸과 마음의 상태가 안 좋아서 드라마를 시청하며 도망쳤다. 소파에 앉거나 누운 채 시청하면서 삭신 아프고 뻣뻣하게 굳고 붓는 느낌이 들어서 편안하지는 않았다. 드라마를 보는 게 몸이 괴로워도 나와 마주하기가 불편해서 그렇게 볼 수밖에 없었다.

지쳤을 때 본능적으로 기댈 언덕을 더듬거리다 가시에 찔리곤 한다. 생활하면서 반복하는 습관이다. 주변 사람들과 부딪치지 않으면서 내 상태와도 직면하지 않기에는 드라마를 보며 다른 세상으로 도망치기가 적당했다.

이제, 시청하던 드라마의 마지막회도 끝났고 일상을 다시 시작한다. 몸은 물에 젖은 솜처럼 무겁고 숨 쉴 때 턱이 들려서 호흡이 온몸에 제대로 퍼지지 못 한다. 고단한 순간을 버티느라 애쓴 나에게 미안하다. 집에 있으면 자꾸 늘어질 것 같다. 점심을 가볍게 챙겨 먹고 카페에 가서 책을 읽어야겠다. 불편하다고 도망치는 행위를 멈추고 일상에 주의를 모아야겠다. 며칠 동안 독서를 안 했다. 책을 읽으며 다시 나의 일상을 챙겨보자.

나에 대한 '예의 씨앗'이 내 속에 있다는 것을 기억해서 다행이다. 괴로움의 세 번째 화살은 피할 수 있을 것 같다.

엇박자

새벽 세 시에 어떤 남자가 나의 손목을 잡고 흔들며
그 힘에서 절대로 벗어날 수 없다는 메시지를 전하는 꿈
을 꾸었다. 겁에 질려 꺽꺽거리자 남편이 나를 흔들어
깨웠다. '꿈'이라고 말해주며 잔뜩 긴장해서 떨고 있는
나를 안아줬지만 한참 동안 꿈인지 생시인지 구분하기
가 어려웠다. 숨쉬기도 힘들고 가슴이 터져나갈 것처럼
두근거렸다.

좀처럼 진정되지 않는 가슴을 꾹꾹 누르며 호흡하려
고 안간힘을 썼다. 내 몸의 경직을 풀기 위해 온몸과 마
음으로 집중하지만 쉽게 진정되지 않아서 잠을 이루지
못했다.

"이 꿈의 의미가 무엇일까?"

어떤 얼굴도 정확히 기억하지 못하는데 왜 그리 한 남자가 괴물같이 느껴지고 두려웠을까? 꿈을 통해 드러난 나의 잠재의식은 무엇일까? 나의 두려움들과 대면하며 조금은 단단해졌다고 여겼는데 아직은 어림없다고 알려주기 위해 이런 꿈을 꾸었을까?

늘 화내는 아버지의 눈치를 보느라 아주 어렸을 때부터 두려워하고 조심하는 습관이 다른 사람들과 대면할 때도 기저로 작동한다. 불편한 걸 견디지 못하고 차라리 내가 상대방에게 맞춰서 그 순간을 편안하게 넘어가려는 경우가 많다. 내가 원하는 걸 얻으려고 고집 피우기보다 포기를 선택하는 경우가 많다. 그래서인지 뒤끝이 헛헛하다. 상대방에게 맞춰주고 나서 내가 별 볼 일 없는 사람으로 여겨지곤 한다. 그것은 내가 원하는 게 무엇인지 알아차리기 전에 상대방이 원하는 대로 움직이려다 내는 엇박자다.

아메리카 인디언들은 말을 타고 달리다가 어느 순간 멈추고 영혼이 잘 따라오기를 기다렸다고 한다.* 내 몸이 자주 아프면서 몸과 마음의 속도가 다르다는 것을 알게 돼서인지 영혼이 따라오기를 기다리던 인디언들의 태도가 지혜롭게 느껴진다.

아버지로부터 파생된 두려움에서 내가 안전하다는 걸 배우기까지 고단했다. 몸의 통증을 통해 내가 과거의 무섭고 두려운 순간에 존재하는 게 아니라 '지금, 여기'에 있음을 배우기 시작했다. 나의 어린 시절과 다른 환경에서 가정을 꾸리고 삶을 살려다 삐걱거리기도 했다.

이제, 내가 원하는 게 '따뜻한 사랑 안에 있기'라는 것을 안다. 머리로 이해하고 가슴으로 수용하는 데 종종 엇박자가 나서 부대낀다. 내가 갖추지 못한 걸 가진 사람이 부럽기도 하다. 인정받고 사랑받고 싶은 욕구가 올라오기도 한다. 내가 원하는 걸 알아차리기 전에 '해야 한다'는 역할에 빠져 허둥대다 뒤늦게 후회하기도 한다.

더듬거리며 배우는 중이라 박자가 잘 맞지 않는다. 온전히 자유롭지 않은 나이기에 벗어날 수 없을 것 같은 두려움과 꿈에서 만났나 싶다. 혹은 내가 마주해야 할 두려움이 괴물처럼 존재하고 있음을 기억하고 정신 차리라는 메시지일 수도 있다. 눈이 촉촉해진다. 화나거나 슬프지 않은데 눈물이 흐른다. 나의 의식이 아직 닿지 않아서 감정을 알아차리기 전에 눈물로 녹여야 하는 덩어리가 있나 보다. 아메리카 인디언들이 말을 멈추고 기다리듯이 나에게도 엇박자가 조율되는 시간이 필요한가 보다.

*박민규, 『죽은 왕녀를 위한 파반느』, 예담, 2013년.

내 얼굴이 원숭이 얼굴 되면 어쩌지?

내 얼굴이 'rosacea(주사)'라는 진단을 받았다. 눈에 확 보이는 얼굴 부위에 문제가 생겨서 마음이 질척하다.

영화관에 가서 영화를 보았다. 슬픈 영화를 보면서 울려고 화장지도 주머니에 챙겼다. 울려고 작정했는데 영화 보면서 눈물이 나지 않았다. 영화 속 장면에 마음의 틈을 주기에는 내 몸에 나타난 현상 때문에 질척하다.

영화를 본 후 모자를 푹 눌러쓰고 어둑한 거리를 걷다가 눈물이 터졌다. 겨울밤은 나를 쳐다보는 사람이 없어서 혼자 걸으며 울기 좋았다.

의학정보(서울대학교병원)를 찾아보니 'rosacea'는 얼굴의 중앙 부위를 침범하는 만성충혈성 질환으로 확실한 원인도 모르고 자연 치유되지 않으며 호전과 악화를 반복하는 불치병이라고 나왔다. 홍조, 홍반 및 모세혈관 확장이 나타나며 진피 기질도 변성되어 섬유화가 나타날 수 있단다. 내 몸에 병이라는 꼬리표 하나가 더 붙는데 '불치병'이라는 험한 단어가 눈에 확 들어와 가슴에 박힌다.

아주 오래전부터 얼굴이 가렵다. 몸도 가려웠다. 병원에 입원했을 때 의사에게 말하면 스테로이드제 약을 줬다. 약을 자주 먹으며 살고 부작용도 많이 겪었다. 몸 여기저기에 혹이 많아서 정기적으로 병원에 가서 검사받으며 산다. 30대 초반부터 병원에 가면 아픈 증상이 70대라는 말을 들었다. 아프면서 살 수도 있다는 걸 수용하는 데 시간이 오래 걸렸다. 사십 대 중반이 되어서야 약에 의존하기를 멈추고 통증을 느낄 때마다 '내 몸이 지금 이렇구나.' 받아들인다. 내 머리로 생각하는 것보다 몸은 훨씬 일찍 지친다. '그렇구나' 인정하고 호흡을 하며 몸에 집중하고 있다. 몸 존중해 주기를 배우며 살고 있다. 그런데 얼굴이 원숭이의 입 주변 빨간 것처럼 붉어지고 각질 일어나고 가렵다. 피곤하거나, 찬바람 맞거나, 먼지 심한 날, 술 마신 날 증상이 더 심해진다. 피할 수 있는 것을 피해가며 자극 없는 화장품을 골라 쓰고 보습에도 신경 썼다. 증상은 낫는 듯하다가 심해지기를 반복하며 범위도 더 넓어졌다. 인중은 까칠까칠하게 일어나고 입술도 뻣뻣해져서 갈라지는 느낌이다.

병원에 가서 원인을 살펴야겠다는 생각이 들어서 집 근처에 있는 종합병원 피부과 과장에게 진료를 신청했다. 나이 들면서 건조해지다 보니 나타나는 증상이려니 했는데 'rosacea'라는 병이란다. 일시적으로 나타났다가 사라지는 게 아니란다.

지금, 눈물 나고 서럽다. 죽는 병은 아니라지만 마음이 몹시 불편하다. 얼굴이 미워지는데 대책이 없어서 속상하다. 입언저리가 빨갛게 올라오고 그 부분에서 하얀 각질이 자꾸 떨어져서 지저분하다. 증상이 더 심해지면 고름도 생긴단다. 뭔가로 가릴 수 없는 얼굴이 그렇단다. 곧 나아지겠지 생각했는데 낫지 않는다는 말을 들으니 뭔가 철렁 내려앉는다.

어려서부터 피부 좋다는 소리를 들었지만 건조한 피부라 늘 보습에 신경을 써야 했다. 얼굴 흉하게 올라온 것들이 없어지지 않을 수 있다고 생각하니 중요한 무엇이 떨어져 나가는 통증이 느껴진다. 나도 예뻐 보이고 싶은 여자였나 보다.

사람들이 이런 질척한 마음 때문에 성형수술을 하나 싶다. 얼굴이 지저분하니까 구겨진 옷을 입은 느낌이다.

성형하면 구겨진 옷을 다림질한 느낌이 드는지 궁금하다. 거울을 보다가 성형하는 사람들의 심정이 조금 이해된다. 하지만 내 얼굴은 성형으로 치료할 수 없다.

'rosacea'라는 병이 내게 왔다. 화나고 싫다. 최대한 자극을 피하고 살아야 한다는데 무균실에 들어가 살라는 것인지 답답하다. 내 얼굴이 원숭이 입 주변처럼 빨갛게 되면 어쩌나 걱정된다. 오늘 알게 된 내 몸의 병명을 받아들이기가 버겁다.

나 좀 봐달라는 아우성

몸이 온 힘을 쥐어짜서 자기 좀 봐달라고 나에게 소리
치는 것 같다.

몸이 힘들면 목에 염증이 생긴다. 삼십 대 초부터 목
때문에 여러 번 입원했다. 침 삼키거나 음식 먹을 때 목
이 찢어지는 듯하고 성대도 부어서 몇 달씩 말하지 못하
곤 했다. 입원해도 끝내는 내가 음식을 섭취할 수 있어
야 치유된다는 것을 경험을 통해 배우며 목이 찢어지고
장이 뒤틀리는 느낌이어도 음식을 먹으려고 한다.

병원에 의존하는 걸 멈추고 타고나길 약하다는 내 몸
을 보살피는 방법을 배우고 있다. 목이 마르지 않도록
수시로 물을 마시고, 한여름 삼복더위가 아니면 내 목에
손수건을 두르고 있고, 발에 양말을 신는다. 지치면 쉬

고 허기지기 전에 조금씩 먹어서 에너지를 보충한다.

　몇 년 전부터 피부도 가렵다. 스마트폰 터치가 잘 안
될 만큼 건조해서 그런가 했다. 하얀 각질과 오톨도톨한
뾰루지들이 나왔다들어갔다 했다. 한여름에도 얼굴에
영양크림 바르고, 몸에 보습제를 발라주면 그럭저럭 지
낼만하더니 가려움증이 심해지고 얼굴이 붉다. 약간 불
그스름하다 사라지는 게 아니라 나무껍질처럼 거칠고
빨갛다. 보습제 발라도 껍질 벗겨지듯 하얀 각질이 올라
온다. 거울 볼 때 붉은 얼굴에 놀라는 것보다 힘든 일은
가려움이다. 온몸의 털이 곤두설 만큼 지독하게 가렵다.
　피부과에서는 'rosacea(주사)'라며 항생제와 피부에
바르는 연고를 처방해 줬다. 3개월 동안 약을 먹고 연고
도 발랐다. 'rosacea'가 햇빛, 바람, 먼지, 온도 등 모든
것에 반응하고 증상을 악화시켜서인지 가려움이 다 없
어지거나 얼굴이 빨갛게 올라온 게 사라지지는 않았다.
약 먹으며 연고 바르면 가려움증을 참을만해서 좋지만
장이 꾸륵거리고 당기며 설사해서 약 복용을 멈추기로
했다.

　어젯밤 잠자면서 얼굴을 긁어서 깜짝 놀라 몇 번이나
깼다. 아침에 잠 깰 때 얼굴이 퉁퉁 부어서 눈도 잘 안
떠진다. 거울을 보니 눈과 이를 제외하면 모두 뻘겋고

입술 아랫부분은 각질 일어나서 빵가루 뿌려 놓은 듯하고 오른쪽이 더 부어서 눈이 반쯤 감긴 상태다. 손도 많이 부어서 잠옷 단추를 따기도 어렵다. 식탁에 마주앉은 남편은 내 얼굴을 보니 가슴이 먹먹하다며 어제 서울에 있는 종합병원에 다녀오느라 힘들었던 모양이라고 했다. 솔직히 거울 보며 나도 막막하다. 잠자다 긁었다고 이렇게까지 부을 수가 있나 싶다. 따갑고 가려워서 머리털이 쭈뼛 서며 짜증도 난다. 귀 주변도 가렵고 얼굴 피부 결마다 갈라지는지 따갑고 화끈거리는 열감도 있다. 입 주변 피부는 소나무 껍질 같다. 숨을 쉬기도 힘들 만큼 가려워서 크림과 젤을 여러 차례 바르고 있다. 너무 가려워서 팔에 소름이 돋는다. 얼굴 피부를 벗겨버리고 싶은 충동이 일어난다. 가려움증으로 폭발하는 분노라니 기가 찬 노릇이지만 칼로 도려내고 싶을 만큼 괴롭다. 숨이 목구멍에 걸려 제대로 넘어가지 못하는 느낌이다.

"숨을 쉬자, 숨을 쉬어야 한다. 이 가려움이 움직이고 변하는 걸 관찰해야 한다."

배꼽 주변에 호흡이 모이는 걸 느껴보려 안간힘을 써보지만 얼굴에 잔뜩 힘주고 있고 어깨와 등도 긴장하고 있다. 얼굴에 거칠거칠한 것들이 붙어서 떨어지지 않고 피부 사이사이를 침鍼 같은 날카로운 것으로 긁어대는 느낌이다. 입으로 '후' 하고 길게 숨 내쉬기를 반복해 본다. 입을 벌린 채 들이마시고 내쉬었더니 기운이 달리지만, 칼로 얼굴을 도려내고 싶던 충동이 가라앉는다. 물을 마시며 숨고르기를 다시 한다. 입을 다물고 숨을 크게 들이마시고 내쉰다. 배꼽 주변으로 호흡이 미세하게 모인다. 몸에 신선한 기운이 조금 도는 느낌이다.

호흡에 주의 모으면서 '이러면 안 된다'는 마음을 내려놓고 가려움을 겪기로 했다. 얼굴 가려움을 온전히 느끼며 그대로 관찰하기 시작했다. 그리고 몸을 위해 물을 더 많이 마시기로 했다. 몸이 붓는 원인은 수분이 부족해서라고 한다. 그래서 물을 많이 마시고 수시로 화장실 다녔더니 눈이 제대로 떠지는 것 같다. 만질 때 풍선처럼 부푼 느낌이던 손도 제 모양을 찾기 시작한다.

지금의 내 상태가 아무렇지 않은 척하기에는 다리 통증 때문에 걷기도 어렵고, 어지럼증으로 주변을 잘 살피지도 못한다. 나의 어지럼증이나 다리 통증은 남들 눈에 잘 안 보이지만 얼굴 홍반은 표시가 난다. 목 아픈 것은 남들 눈에 안 보이지만 얼굴 홍반은 잘 보인다. 이것은 어쩌면 몸이 나를 보호하려는 노력일지도 모른다. 타인들에게 '나 지금 몸 안 좋으니까 챙겨달라'고 메시지를 보내는 것인지도 모른다. 나에게도 '이래도 몸 안 챙길

래?' 하며 몸을 중심으로 잡고 관찰하라는 것 같다. 얼굴의 홍반과 가려움증을 통해서 나 좀 봐달라는 아우성 같다.

몸의 소리에 귀 기울이기

몸이 개운하지 않다. 마음도 처지는 느낌이다. 솔직히 올해 내내 기운 있었던 날은 없다. 그럭저럭 지낼만한 날과 고단한 날이 있다. 고단하고 처지는 오늘, 내 마음과 몸을 잘 토닥거리며 지내야 할 것 같다.

어제는 딸의 생일이라 분위기 있는 레스토랑에서 식사했는데 맛있게 먹다가 갑자기 배에 경련이 났다. 식구들에게 내색하지 않으려고 노력했지만 너무 힘들어서 말을 했고, 음식을 남긴 채 집으로 돌아와야 했다.

초미세먼지가 심해서 창문을 열 수 없었던 어제는 비가 내리며 습했다. 차가운 기운이 몸을 파고드는 느낌이 들어서 침대에 누워 쉬다가 저녁을 먹으러 나갔다. 몸이 편안하지 않은 상태에서 레스토랑 음식이 뱃속에 들어가니까 긴장했나 보다. 딸의 생일이라 좋았지만 내 몸은 경직된 상태라 음식을 흡수할 힘이 없었던 모양이다.

해가 떴다. 어제는 물 먹은 이불처럼 온몸이 무거웠는데 지금은 어떤지 지켜보고 있다. 위장 경련은 고요한데 엉치가 빠지는 듯한 느낌이고 서혜부가 당긴다. 잠시 산책을 하다가 다리에 힘이 없어서 당황했다. 허리 부분부터 발바닥까지 아프고 당기면서 몸이 무거운데 다리에 힘이 느껴지지 않는다. 발걸음 옮길 때마다 천근 짐을 옮기는 느낌이고 뭔가 조그만 장애물에 걸리기라도 하면 넘어져서 일어날 수 없을 것 같다.

산책을 멈추고 집으로 돌아와서 신영복 선생님의 육성 강의를(팟캐스트, '신영복의 담론') 찾아 들었다. 신문지 크기의 햇볕만으로도 세상에 태어난 것은 손해가 아니고 선물이며 죽지 않은 이유라는 말, 깨달음과 공부는 살아가는 이유라는 말에 눈물이 났다. 걷지 못했던 경험과 또 그런 일이 생길 수도 있다는 두려움에서 나를 토닥이고자, 신영복 선생님의 강의를 찾아서 듣는 현실이 짠하다. '아파도 살 수 있다'고 나에게 말해주는데 눈물이 흘렀다.

배꼽에 집중하고 호흡하다가 내 몸을 위해서 한의원

에 갔다. 얼마 전 건강검진에서 경추도 문제가 있다고
했고 발 디딜 때 통증도 심해지고 있어서다.

한의사는 등허리가 갈색으로 변하고 척추도 좀 휘었
단다. 왼쪽 엉덩이가 오른쪽보다 위로 올라갔단다. 근육
들이 어떤 문제에 의해 수축되면서 발생하는 현상이라
고 했다. 몇 년 전 오른쪽 골반에 골낭종을 발견해서 이
식수술을 하기 전부터 다리와 허리에 통증이 있었으니
오랫동안 내 몸의 근육들이 괴로웠나 보다.

자세가 자꾸 구부정하다는 느낌이었는데 등이 휘다
보니 그랬나 보다. '나'라고 하는 몸이 연결되어 있다는
것이 실감 난다. 아프다고 인상을 쓰거나 하소연하기 싫
어서 꿋꿋하게 지내려고 하지만 정성을 다해 몸을 토닥
여주지 못했다는 생각이 들어서 미안하다. 몸이 고달픈
데 마음을 잘 토닥거리면 괜찮으리라는 꿈을 꾼 것 같
다.

오랫동안 아프면서 뼈와 근육들도 고달프리라는 생각
은 하지 못했다. 기운 없고 목이 부어서 고열이 나거나
위장 경련만 힘든 게 아니라, 내 몸을 제대로 세울 수 있
는 뼈가 휘고 근육이 틀어져도 아프다는 것을 내 몸이
보여주고 있다. 자기들도 존재한다는 것을 인식시켜 주
고 있다.

골반뼈를 수술하고 두 발로 걸을 수 있다는 것이 커다

란 기쁨이고 감사라는 것을 알았다. 아니, 걸으니까 됐다고 생각했다. 몸의 다른 부분에서도 발생하는 통증은 많고 딱히 병명도 알 수 없으니 아픈 채 살아가는 방법을 배우려고 노력했다. 그래서 허리, 목, 손가락, 팔, 어깨의 통증에 대해 병원에 가서 체크 하지 않고 그냥 살았다. 이미 혹이 발견된 부분들만 정기적으로 체크 하기에도 병원 가는 횟수가 많아서, 순환이 잘 안 되는 몸이라 그런가 보다 생각하며 살았다. 하지만 아픈 걸 무작정 참기에는 괴로워서 한의사의 도움을 받기로 했다. 침맞고 물리치료 받으며 수축된 근육들이 편안해지기를 바란다.

아파도 살 수 있지만 아프면 주변에 있는 사람들도 불편해진다. 내 몸 상태 때문에 딸의 생일에 식당에서 밥 먹다가 서둘러 집으로 돌아와야 했다. 내 몸이 자꾸 처지면 가족들에게 기대려 하고, 기대가 충족되지 않으면 서운해한다. 몸이 아프다는 사실과 연결되어 예상치 못한 일들이 생긴다. 그러니 몸의 소리에 귀 기울이기로 한다. 몸이 나에게 하고 싶은 말이 무엇인지 듣기로 한다.

도망치지 않아도 괜찮다

내가 지금 회피하고 싶은 게 무엇일까?

아픈 이유가 '현실의 심리적 고통으로부터 도망'이라는 것을 알아버렸다. 신경 쓰이는 가족 문제의 현실을 질병과 통증으로 외면한다. 여든을 넘긴 나이에 남편으로부터 보호받기 위해 쉼터로 가신 어머니와, 모든 잘못은 부정한 아내 탓이라며 의처증을 보이는 아버지, 불안에 이러지도 저러지도 못하는 형제들 앞에서 나도 말하고 싶은 게 있지만 책임질 수 없어서 입을 다문다. 전적으로 책임지지 않으면서 이러쿵저러쿵 말하면 분란만 될 것 같아서 결정이 느리고 답답해도 기다리기로 한다. 내가 한 달 넘게 아프니까 가족들은 "네 건강이나 잘 챙겨"라고 말한다. 어머니에 대한 분노를 쏟아내는 아버지도, 앞으로 어떻게 해야 할지 막막하다는 어머니도…….

얼마 전부터 다리에 통증이 심해서 걷지 못하고 있다. 어지럽고 열도 난다. 다리는 오른쪽 대퇴부를 잡아주는 골반뼈에 다시 골낭종이 생겼고 퇴행성 관절염이 진행되었다. 의사의 소견으로는 당장 수술할 상황은 아닌데 걷지 못하는 이유를 모르겠다고 했다. 미열이 계속 나고, 염증 수치도 있고, 얼굴에 홍반 있어서 루푸스 검사도 했다. 몇 년 전, 다리 수술하기 전에 했던 검사에서는 관절염이 안 보였는데 수술실에서 보니 심하게 진행되고 있더라는 말을 들었다. 그런 경험 때문인지 검사를 통해 병명을 확인하고 치료하는 건 행운이라는 생각이 든다.

오랫동안 신체적 고통을 어찌해볼 도리가 없어서 괴롭고 절박했다. 병원에서 원인을 찾거나 통증을 완화해주는 게 잘 안 되는 것을 경험하며 통증을 받아들이기로 했다. 내가 아프다고 인상 찡그리고 있어 봐야 인생만 허접해진다. 그래서 신체적 통증을 온몸과 마음으로 수용했다. 하루에 열두 번도 더 바뀌는 몸 상태를 지켜보며 '그렇구나' 인정하자 지낼만했다. 그런데 수용이라는 게 한 번 제대로 했다고 끝나는 완성품이 아니었다. 몇 년째 몸의 이런 통증 저런 통증이 나타나고 사라지기를 반복한다. 잘 지켜볼 때도 있고 불편해서 괴로울 때도 있다.

　아파서 병원에 가도 뾰족한 수가 없을 때 내 삶의 태도를 뒤돌아본다. 하고 싶어서가 아니라 그렇게 해야 살 수 있어서다. 스스로 치유자 되어 병에 대한 인식부터 다시 정립하고, 아파봐야 아플 뿐이라고 받아들인다. 몸 아픈 것을 들여다보면 마음의 상처가 있다. 몸과 마음이 촘촘하게 연결되어 있어서 마음이 알아차리기 전에 몸이 먼저 통증으로 반응할 때가 많다.

　친정 부모님에게 발생한 별거를 잘 수용하고 있다고 여겼지만 괴로웠다. 힘드니까 내가 머리로 인식하기 전에 몸이 반응하면서 다리가 아픈 것 같다. 웬만큼 아파서는 보호받을 수 없으니까 아예 못 걸으며 누워있어야 했나 보다.

　얼마 전 시어머니도 뇌졸중이 와서 반신마비와 언어장애가 발생했으니 친정 일 때문에만 아프다고 할 수도 없다. 모든 것이 엮여서 힘들었고 내가 도망칠 구석이 필요했다. 상황마다 나는 몸과 마음이 긴장했을 테고 그 끈이 툭 끊기며 아팠던 것 같다. 다른 식구들이 문제를 해결해 주기를 바라는 마음이 무의식적으로 작동하면서 몸의 통증이 발생한 것 같다.

내가 의도했든 의도하지 않았든 고단한 현실에서 심리적으로 도망치고자 몸까지 심하게 아픈 상황이 된 것에 미안하다. 나도, 다른 가족들도 각자 알아서 살아나가야 한다. 아버지와 통화할 때 어머니에 대한 망상과 분노가 지나쳐서 반박하고 싶고 말도 안 되는 소리 하지 말라고 하고 싶어도 꾹 참는데 이제는 안 그러고 싶다. 어머니가 집을 나오셨으니 아버지에게 해코지당할 염려가 없는데 어정쩡하게 예전의 모양을 유지하고 있었다. 참는 이유 중에 어려서 받지 못한 사랑을 받고 싶은 욕구도 있다. 사랑받고 싶은데 아버지의 말에 반기를 들었다가 영영 기회를 놓칠까 봐 두렵다. 날 좀 사랑해달라고 말을 꺼내지도 못하면서 전전긍긍한 나에게 미안하다.

이제 나부터 보호하고 싶다. 아버지는 아버지고, 나는 나다. 요즘은 아버지가 화낼 때 무작정 참기보다 내 근황을 이야기하며 방향을 전환할 수 있다. 내가 아버지에게 원하는 것이 사랑이지 목소리 높여 싸우기를 바라지 않는다. 모두가 각자 살아간다는 걸 인정하고 내가 해야 할 일과 안 해도 될 일을 구분하려고 한다. 나는 친정아버지로부터 발생하는 불안을 더 이상 겪지 않으련다. 아버지가 어떤 인생을 꾸려 가시든 선택한 대로 흘러갈 거다. 좋으면 좋은 대로, 안타까우면 안타까운 대로다. 친정어머니가 쉼터를 나와서 거처를 마련할 때나 생활비에 대해서는 기꺼이 부담하겠다. 아버지에게도 마찬가지다. 부모님이 나를 태어나게 하고 먹고 입고 학교 다니게 해주셨으니 내가 할 도리라고 생각한다. 뇌졸중 후유증으로 언어장애가 와서 요양병원에 입원하신 시어머니의 치료비도 내야 한다. 내가 혼자 다 부담하는 게 아니라 형제들이 함께 나눠 내고 있다. 내가 부모님을 위해 할 수 있는 일이 병원비와 생활비를 드리고 가끔 찾아뵙는 거다.

부모님에게 사랑받고 싶은 욕구는 빗물에 함께 흘려보내고 무의식의 어디쯤에서 괴로워하며 부여잡고 있는 끈을 놓으려고 한다. 자기 인생을 스스로 선택하고 책임질 뿐이다. 나는 '나'일 뿐이고, 어제 아팠던 '내'가 오늘도 아픈 '나'일 필요가 없다. 알아차렸으니 나는 이제 '아프지 않은 나', '건강한 나'를 받아들인다. 이제 고단한 현실로부터 몸의 통증으로 도망치지 않아도 괜찮다. 나는 안전하다.

바른말

바른말로 상처 입는 경우가 있다. 그 말이 싫지만 바른 말이라 반박할 수도 없다. 친구와 통화하다 몸이 불편해서 행동반경은 작아지고 그렇다고 편안하지는 않다고 했다가 너만 아픈 거 아니다, 다들 아프다, 자기들도 나이 들수록 하루가 다르게 불편하다는 말을 들었다.

나만 아프다고 하지 않고 상태를 말했을 뿐인데 나와 세상 사람들을 선 긋는 태도의 대답에 고립감이 느껴진다. '많이 아팠다가 요즘 좀 나아졌어.'라는 나의 말이 친구에게는 징징거리는 말로 느껴졌나 보다.

몸이 아픈데도 불구하고 하루하루 살아가고 있는 '나'를 표현하고 싶었다. 하지만 친구에게 질책처럼 느껴지는 바른말 대답을 듣고 내가 하고 싶은 속 이야기를 멈추고 친구의 근황을 물었다. 친구와의 통화로 나와 세상이 단절된 느낌이 들어서인지 외롭고 우울하다. 통화 후 멍하니 앉아서 휴대전화로 기사를 검색하고 텔레비전 드라마도 시청했다. 친구의 바른말에 불편해하고 생각의 꼬리를 물지 않으려면 다른 세상으로 숨는 게 편했다.

나이 들수록 남들은 나한테 관심이 없다는 것을 느낄 때가 있다. 누군가와 함께 있다는 위안을 받고자 말을 위한 말들로 시간을 채우는 게 아닌가 싶다. 서로에게 공감하며 사랑 속에 존재하는 느낌은 좀처럼 맛보기 어렵다. 남들의 말에 귀 기울이려 애쓰는 마음속에는 그 사람이 내 말에 공감해 주기를 바라는 욕구가 있다. 나름 다른 사람의 말을 집중해서 듣지만 얼마나 가 닿았을지 알 수 없다.

내가 별거 아니면서 별거인 줄 착각하다가 섬으로 외롭게 떠 있는 현실을 마주한 느낌이다. 경제활동을 하지 않아서인지 세상에서 별 볼 일 없는 사람 같고, 다른 사람들은 갈 길을 찾아가고 있는데 나만 헤매나 싶다.

버티려고 아무리 애를 써도 몸이 따라주지 않아서 직장을 그만뒀다. 암처럼 누가 들어도 "아!" 하고 말할 만한 병명은 없지만 여러 차례 자가면역질환을 의심받기도 했다. 그동안 기관지 관련 질병, 과민성대장증후군

등은 나를 오랜 시간 동안 힘들게 했다.

통증들과 가깝게 지내면서도 다른 사람을 챙기려고 기를 쓴다. 습관이다. 내가 기억하지 못하는 어느 시절에 형성된 챙기는 역할이 힘들다는 것을 알면서도 그 상태로 남들과 관계를 유지하려고 한다. 몸이 주저앉으면 마음도 처지면서 사는 게 남루해서 우울하다.

좋아하는 사람을 만나 관심 분야를 대화해도 호흡이 거칠어진다. 몸은 아프지만 나는 살아있고, 살아있으니 생활해야 한다. 기운 없이 시름시름 잔병치레를 많이 하지만, 이 세상에 태어나 살면서 죽을 때까지 외로워하고 우울해하면 마지막 순간이 씁쓸할 것 같다.

어렸을 때부터 지금까지 나의 삶은 '우울해', '외로워'라는 단어에 둘러싸여 있다. 그 감정에서 벗어나고 싶어서 타인에게 표현했다가 이해받기보다 오늘처럼 별거 아닌 것으로 치부되며 상처 입곤 했다.

마음대로 되지 않는 세상 속에서 우울하고 외롭다는 것은 숙명인지도 모른다. 피하고 싶지만 피해지지 않는 것. 그럼 어쩔까? 조만간 나이 한 살 더 먹는데 계속해서 공허한 메아리를 읊조리고 싶지 않다. 다르게 살고 싶다.

누군가에게 나의 어려움을 말하고 따뜻한 위로를 받

고 싶지만 각자 존재하고 있을 뿐이다. 아무리 우울하고 외로워도 내가 견뎌야 할 몫을 누군가에게 넘길 수 없다. 자식이 아파도 통증을 대신 겪을 수 없다. '외로워', '우울해'라고 말하는 습관이 그 감정에 더 빠지게 만드니까 멈춰야겠다. 부정적인 말을 하지 않으면 그 감정에 휘둘리는 일도 줄지 않을까 싶다. 홀로 있는 듯 쓸쓸해도 멈추는 연습을 하다 보면 좀 편안해질 것 같다.

바른말이 상처로 가슴에 박히기도 하니 다른 사람을 평가하고 판단하는 말은 자중해야겠다. 어정쩡한 충고나 조언도 마찬가지다. 모든 답은 본인이 이미 가지고 있다. 상대가 나에게 말을 꺼냈을 때는 대화하고 싶을 뿐이다. 이 이치를 모르고 헤맨 나에게 미안하다.

내뱉는 말이 부정적인 감정에 더 빠지게 하니까 멈추고 내가 원하는 게 무엇인지 들여다보려고 한다. 사십 대가 기울어가는데 아직도 어떤 태도로 어떻게 살아야 할지 고민한다. 남이 나에게 말할 때 귀 기울여 들으면 되고, 내가 누군가에게 말하고 싶으면 무엇을 원하는지 명확하게 표현하면 된다. 듣는 것도 말을 하는 것도 미숙한 나지만 누군가에게 상처 주는 바른말이 아니라 사랑으로 물든 말을 하는 사람이 되고 싶다.

어머니를 데려오라는 아버지에게

아버지, 오늘 어머니 찾으러 노인보호기관에 다녀오셨다면서요?

설날 연휴 마지막 날 노인보호기관에 가신 걸 보니 마음이 많이 불편하신 모양입니다. 명절인데 어머니도 안 계시고 자식들도 일부만 아버지 집에 갔어요. 식구들 모일 때마다 시끌벅적하게 상 차려서 먹다가 썰렁하셨지요? 어머니가 음식에 넣는 양념까지도 일일이 이래라저래라 말씀하셨는데 참견해야 할 사람이 없어서 편하셨나요? 아버지가 노인보호기관에 가신 걸 보면 편하지는 않으셨던 것 같습니다.

59년 동안 결혼생활 하셨는데 작년 10월 말에 어머니가 집을 나오셨습니다. 저는 어머니가 집 나오신 일이 어쩔 수 없는 선택이라고 생각합니다. 그래서 최근에 아버지가 어머니를 집에 데려오라는 말에 적극적으로 나서지 않습니다.

모든 잘못은 어머니 때문이라며 분노하실 때 저는 뭐라고 표현할 수 없는 절망감에 빠집니다. 6남매의 여섯째인 저도 결혼한 지 20년이 넘었습니다. 부부가 어느 한쪽만 탓할 수 없다는 것도 압니다. 하지만 어머니가 너무 많이 맞아서 풍선 얼굴로 병원에 실려 가고, 도망친 어머니를 아버지가 칼 들고 뒤쫓아 가고, 시골집 부엌에 불 질러서 동네 사람들이 물동이 들고 오던 장면이 기억창고 밑바닥에 저장되어 있습니다.

안타깝게도 아버지 열네 살에 벌어진 일이 평생을 짓눌렀습니다. 할아버지가 돌아가시고 2년 뒤인 아버지 열네 살 때 할머니가 자식을 낳았습니다. 그 일이 상처로 남아 어머니를 절대 굴복시키려 하고 의처증이 발생한 것 같습니다.

많은 사람이 상처를 지니고 삽니다. 저는 철들면서부터 집에 친구를 데려오지 못했습니다. 궁색한 살림살이도 있었지만 한 끼도 편안히 밥 먹을 수 없게 화내는 아버지가 있는 집에 친구를 데려오기가 부담스러웠습니다. 어려서 시골 살 때는 대문을 들어서면서부터 집안의 무겁고 뭔가 터질 것 같은 공기가 있었습니다. 도시로 이사해서 살 때도 현관문을 열기도 전부터 고양이 걸음이 되곤 했습니다.

아버지는 화내면 풀리시나요? 저는 화내면 오히려 더 흥분되면서 진정되지 않던데 아버지는 어떠신지 궁금합니다. 화내는 것을 알고 계신지도 궁금합니다.

저는 아버지가 기분에 따라 이랬다저랬다 해서 어떻게 맞춰야 할지 모르겠습니다. 예를 들어 재작년 추석에 아버지와 어머니의 팔순을 어떻게 할지 자식들이 상의하려니까 의견은 들어보지도 않으시고 절대로, 아무것도 하지 말라고 하셨습니다. 팔순 때 가족들 다 같이 가까운 곳에 여행도 가고 싶었고, 지인들 초대해서 근사하게 식사하고 싶었습니다. 하지만 아버지는 절대로 안 된다며 아무것도 할 생각 말라고 고집하셨습니다. 그러나 몇 달 후 자식들이 어머니의 팔순을 챙기지 않는다고 심하게 화내셔서 아버지를 아기 달래듯 해야 했습니다.

아버지의 첫째 자식의 나이가 올해 육십입니다. 막내인 저도 마흔 후반입니다. 아버지에게만 결정권 있다는 생각을 조금만 내려주시면 좋겠습니다.

올해 1월에 아버지의 팔순이었는데 별거 중이라 식구들이 모이지도 못했습니다. 며칠 지나서 설날에도 자식들이 찾아뵙지 못했고요. 아버지가 어머니한테 너무 화를 내서서 함께 사실 수 없으니 그동안 말씀하시던 대로 혼자 편하게 사시는 게 낫지 않을까 싶습니다.

지금도 모든 잘못은 어머니에게 있다며 분노에 차 있는 아버지를 대면하기가 두렵습니다. 수시로 어머니더러 나가라고 소리치셨는데 본인 잘못은 없다면서 어머니를 데려오라는 이유가 밥해 드시기 힘들어서라는 말도 속상합니다. 어깨 힘줄도 파열되고 목 디스크에 척추도 안 좋은 어머니가 삼시 세끼 차릴 때마다 화내시던 아버지를 기억합니다. 협착이 심해서 디스크 수술을 하고도 짜증 내는 아버지의 밥을 하느라 허리가 옆으로 휜 어머니의 모습을 보면 마음이 아픕니다.

아버지, 어머니한테 사랑받고 싶으시지요? 끝없이 화내고 어머니를 구렁텅이로 빠뜨렸지만 아버지의 밑바닥에 사랑받고 싶은 욕구가 있다는 생각이 듭니다. 무슨 헛소리냐고 소리 지르지 마시고 곰곰이 생각해 보세요. 더 늦기 전에 아버지가 원하는 것을 잘 들여다보면 좋겠어요. 두 분 다 팔순이 넘으셨어요. 언제 이번 생과 이별할지 몰라요. 사는 내내 누군가를 원망만 하다가 이 세상과 끝이라고 생각하면 먹먹하잖아요. 아버지는 두 번 자살을 시도하셨어요. 아버지의 몸을 상하게 하면서 얻고 싶었던 게 어머니와 자식들의 관심 아니었나 싶어요.

아버지에게 따뜻한 사랑 받고 싶은 욕구가 저한테도 있어요. 제가 어떻게 사는지, 어떤 게 아쉬운지 세밀하게 챙겨주는 정을 느껴보고 싶어요. 살아생전 그런 느낌 없이 떠나게 될까 봐 두려워요. 최근 15년 동안 십여 차례 입원했는데 아버지는 한 번도 병문안 와주신 적이 없어요. 헌 물건들 주워서 뭘 만들겠다고 작업하시는 아버지 옆에서 밥하고 일 거드느라 어머니도 오실 수 없었어요. 생각해 보니 얼마나 아프냐는 전화도 먼저 해주신 적이 없어요. 제가 전화해서 괜찮다고 말씀드리면 '고생한다' 한 마디가 다였어요.

아버지한테 아파서 힘들다는 말조차 하지 못하고 살아서 속상해요. 그런 말 하면 안 된다고 하신 적은 없는데 응석 피우면 안 될 것 같은 공포 분위기에 젖어서 살았어요. 응석 없이 눈치 보면서 사는 게 저의 선택이었다는 것을 마흔 살 중반이 넘어서야 깨달았어요. 그래서 아쉽기는 하지만 원망하지는 않아요.

일찍 할아버지 여의고, 한국전쟁의 소용돌이에 어린 가장으로 살아야 했고, 할머니가 뒤늦게 낳은 장애 있는 동생까지 보살피면서 몸은 어른이지만 상처 입은 내면의 아이를 다독이지 못한 아버지를 어떻게 대해야 할지 모르겠어요. 아버지가 매일 큰소리치고 화낸 이유가 상처 입고 괴로워서인 것은 알겠는데 칼을 아무렇게나 휘두르시니 걱정됩니다. 아버지와 딸로 만나 끝까지 아쉽지는 않았으면 좋겠어요. 아버지와 만나서 서로가 원하는 게 무엇이고 어떻게 하면 행복할지 이야기 나누고 싶습니다. 아버지의 고단했던 마음 제 온 체중을 실어 안아드리고, 저의 사랑받고 싶은 마음 토닥거려주는 아버지의 체온을 느끼고 싶습니다.

ps. 나의 감정을 격하게 표현한 이 글을 아버지에게 보여드리지 못했다. 1년 동안 간직하고 있던 편지를 보여드리기 전에 아버지가 이 세상을 떠나셨다.

독립하는 어머니에게

앞으로 어머니가 살 집에 냉장고가 도착합니다.

아버지가 무서워서 집 나오신 후 자식 집에 있으면 행여 아버지한테 원망 듣는다고 노인보호기관에서 운영하는 쉼터로 가셨습니다. 아버지가 우리들의 집으로 찾아오셔서 어머니와 맞닥뜨리면 곤란할 것 같아서 두려움 많은 어머니를 노인보호기관에 계시게 하며 마음이 아팠습니다.

5개월간 쉼터에 계시다가 정말로 혼자 사시게 됩니다. 혼자 서는 어머니 응원합니다. 마음은 어떠세요? 떨리고 긴장돼요?

59년 동안 폭력과 폭언으로 어머니를 구석으로 몰던 아버지가 무서워서 경찰에 신고하고 집을 나와 쉼터에 계시다가 혼자 살아갈 거처를 마련하기까지 시간이 오래 걸렸지요?

무서운데 참으며 자식들 밟혀서 도망가지 못한 어머니 고생하셨어요. 이제라도 '무섭다' 표현하시고 혼자 살기로 작정해 주셔서 감사해요. 부부든 친구든 함께 걸어가기 어려운, 해害가 되기도 하는 사람이 있는 것 같아요. 함께 지낼 수 없으면 떨어져서 서로의 인생을 지지해 주는 게 좋다고 생각해요. 가족이라는 이름의 감옥은 싫어요.

고달팠을 일상에서 어머니가 아버지를 원망하는 말을 했던 기억이 없네요. 잠깐 스치듯 '왜 저러는지 모르겠다.' 정도의 표현을 하셨던 것 같아요. 나와 형제들도 그 정도만 말하는 이유가 어머니 덕분이에요. 어머니가 아버지를 향해 원망의 소리를 많이 하셨다면 우리 형제들도 그랬을 거예요. 불편한 어린 시절을 보냈고 결혼을 하고도 아버지 때문에 속상할 때가 많았지만 연민을 느끼는 이유가 어머니의 태도를 통해 배워서라고 생각해요.

어머니가 아버지 앞에서 강하게 대응하면 좋겠다고 생각한 적도 있어요. 죽기 살기로 싸우지 왜 무기력하게 잘못했다며 빌기만 할까 답답할 때도 있었어요. 그것 때문에 내가 아버지한테 하고 싶은 말을 하지 못한다고 여졌어요. 두려워하는 어머니가 느껴져서 화나기도 했어요. 형제 중에 한 마디라도 말대꾸하거나 불손한 태도를 보여도 아버지가 어머니한테 온갖 짜증을 내니까 목구멍에서 올라오는 말을 꾹꾹 눌렀어요. 당당한 어머니였다면 나도 말할 수 있을 거라며 아쉬워했어요. 괴로움 속에서 도망가지 않고 버티는 어머니가 이상하게 여겨질 때도 있었어요.

어머니는 저에게 잘못했다고 빌라는 말은 해도 아버지가 짜증 내다 이유도 없이 우리를 마당에서 손들고 있게 해도 아무 소리도 하지 말라고 하셨어요. 밤새 쫓겨나 한데서 밤을 지새워도 아버지 앞에서 불평하지 못했어요. 그 순간을 모면하기 위한 수단이었겠지만 두려움과 무기력이 습관화되었다는 것을 알게 되었어요.

폭력 앞에 오래 노출되면 무기력해져서 원하는 게 무엇인지 모른다는 것을 이제는 알아요. 어머니만 아버지 앞에서 무기력한 게 아니라 저도 그래요. 세상을 어떻게 마주하고 살아야 하는지를 몰라서 무서웠어요. 어려서부터 남들에게 착하다는 말을 많이 들었지만 좋아서 그렇게 행동하는 게 아니었어요. 착한 모습으로 보여야 남들이 인정해준다고 여겼어요. 직장 다닐 때도 위에서 시키는 일은 다 해야 하는 줄 알았어요. 모두 해내지 못할 것 같은 두려움도 올라오고, 많은 일을 시키는 것에 대해 불만도 있었지만 내가 어떻게 처신해야 하는지 몰랐어요. 사람들과의 관계에서도 내가 가진 것 이상으로 퍼주다가 방전되곤 했어요. 그래서 사는 게 재미없고 부대꼈어요. 원하는 바를 성취하는 경험이 없어서 원하는 게 무엇인지 찾지 못하고 관계가 희생자 모드가 되곤 했어요. 막연히 안정된 생활을 하고 싶다는 욕구가 있었지만 어떤 삶이 안정된 생활인지 몰랐어요.

오랫동안 아프면서 사는 방법을 배워요. 내가 원하는 게 무엇인지 찾고 표현하려고 해요. 아직 어색하지만 나를 보살피고 성장시킬 사람은 저 자신이고, 이 세상 어떤 것들과 마주치더라도 선택권은 저에게 있다는 걸 알게 되었어요.

저는 이제 아기가 걸음마 배우듯이 두려움과 무기력을 마주하고 배우며 살고 있어요. 때로 불편하기도 하고 누군가 대신 짐을 져 주면 좋겠다 싶기도 해요. 불편하고 어려운 어린 시절을 보내게 한 아버지나 어머니에게 서운할 때도 있었어요. 하지만 그것을 어떻게 받아들이고 무엇을 선택하며 살지는 제가 결정한다는 것을 알기에 배우려고 해요. 이제라도 저를 위해 좋은 것들을 선택하고 싶어요. 제가 선택한 것들에 대해 책임지면서 감사하며 살려고 해요.

어머니가 폭력적인 아버지에게서 도망가지 않고 자식들을 보살펴야겠다고 선택했던 거 감사드려요. 덕분에 '어머니 없는 자식'이 아니라 '착한 자식' 소리를 들었어요. 어머니나 아버지가 가정에서 보여준 모습들에 대해 '어쩔 수 없으셨구나.' 하는 연민을 느껴요. 그렇게 살 수밖에 없었던 이면에 대해 안타까워요.

어머니가 내면으로 아버지와 충분히 대면하시고 원하는 게 무엇이었는지 알아차리면 좋겠어요. 아버지와 관련된 것 말고도 어머니가 이번 생이 마무리되기 전에 어떻게 살고 싶은지도 선택하고 책임지는 시간이면 좋겠어요.

개인적 바람을 추가하면 어려서부터 몸과 마음이 아플 때 어머니가 내 편이라 느껴본 적이 없어요. 어머니가 고스란히 내 편이 되어주는 경험을 하고 싶어요. 어머니의 있는 모습 그대로 바라보는 제 역할도 있어야겠지요? 어머니와 저 함께 해봐요.

아버지와 통화하고 불안하다

아버지와 어머니가 별거 중이다.

아버지한테 전화가 왔다. 술에 취한 목소리다. 며칠
전 전화 통화할 때 소리 지르고 팍 끊어서 미안하다고
하셨다. 그날 마음이 부대꼈으므로 괜찮다는 말은 하지
않았다. 얼마 전 병원에 입원했을 때 만난 분들과 곧 약
속이 있다고 했다. 아버지는 그분들은 돈이 많은데 자기
는 돈이 없다고 하셨다. 아버지가 만나기로 한 분들에
대해 더 물었더니 한 분은 밤나무에서 떨어져서 다치고,
한 분은 손가락을 다쳤다고 했다. 아버지는 그분들과 만
난 후 자기는 여관에 가서 사라진다는 말을 했다. 명절
에 집에 와도 빈집이라며 대놓고 자살을 암시했다. 섣불
리 시도하지 않겠지만 자기를 봐달라고 하는 소리다. 나

는 그 말에 반응하지 않고 부러졌다는 안경은 고쳤는지 물은 후 딸이 외국에 가게 돼서 짐을 싸고 있다는 이야기를 했다.

통화가 끝나고 스멀스멀 기어 올라오는 검은 그림자가 느껴진다. 자기를 알아주고, 뜻대로 해주기를 원하는 마음으로 무슨 일이 생길 것 같은 분위기를 만드는 아버지 앞에서 두려움이 바짝 고개를 든다. 자라면서 못 볼 것도 많이 보고, 도망도 많이 갔는데 가장 무서운 일은 아버지의 영향이 나를 무기력하게 하는 거다. 오늘도 그 그림자가 나를 숨 막히게 한다.

뭐라도 해야 할 것 같아서 휴대전화의 주소록 정리를 했다. 지금은 누군지 기억도 나지 않는 사람들의 연락처는 삭제하고, 기억은 나지만 연락할 것 같지 않은 사람들도 삭제했다. 중복 연락처를 지우고 관계 맺고 있는 사람들의 연락처 위주로 정리하니 주소록은 기존보다 절반 이하로 줄었다. 주소록에 남아있는 사람 중에 실제로 연락하는 사람은 많지 않다.

아버지로부터 날아온 불안의 방에서 주소록을 정리하며 내가 어떤 사람들과 함께 있나 살펴보니 어둠 속에서 빛나는 사람들도 있다. 삶이 고단하더라도 그 빛으로 온기를 느끼고 더듬거리며 삶의 길을 걷고 있는 것 같다.

나, 아버지, 어머니, 형제자매들 그리고 남편과 딸 각자가 이 세상의 한 존재로서 배워야 할 것들이 있고 서로의 관계 속에서 깨달을 것들이 있는 느낌이다. '나'란 존재가 어디에 있는지 궁금하고 잘 배우고 터득해서 이번 생이 아름답게 끝났으면 좋겠다.

　나의 가족관계가 존재하고 배우는 것들의 좋은 스승이라는 생각이 든다. 자칫 원망으로 쏠릴 수 있었는데 몸 아픈 경험들을 통해 어린 시절의 상처 입은 기억이든, 미래에 대한 두려움이든, 과거는 과거이고 미래는 미래이며, 나는 지금 여기에 있음을 관찰하며, 삶의 여러 측면을 수용하고 균형 맞추려고 한다. 아버지의 어두운 그림자가 나를 덮치기도 하지만 원망하기보다는 아버지를 통해 내가 배우고 있다는 것을 안다. 어떤 상황에서든지 괴로움을 선택할지, 좋은 것을 선택할지는 나의 몫이라는 것을 아버지를 통해 배우고 있다. 이것을 알면서도 기분이 묘한 이유가 존재에 대한 무게감 때문인가 싶다. 아버지가 삶을 대하는 자세가 어떠하든지 '내' 존재부터 바로 서야 한다. 존재란 무겁지도 가볍지도 않을 텐데 프레임 속에 가둘 필요는 없다. 수행자의 태도로 내가 만든 프레임이라는 걸 알아차리다 보면 단단하게 얼어붙은 것들이 녹기도 하고 수용도 되겠지 싶다. 가정불화가 불우하고 창피하게 느껴지던 '예전의 나'가 아니라 '부모님이 별거해서 살 수도 있다'고 여기듯이……

태풍 '링링'이 나무를 뽑을 듯 거친 바람을 일으키고 있다. 잠시 나가서 바람맞으며 정신 가다듬었다. 그리고 오빠에게 전화해서 아버지와 통화한 이야기를 했다. 오빠는 아버지가 오늘 밤에 잘 주무시는지 시골집에 가서 살펴볼 테니 걱정하지 말라고 했다. 나이 육십의 오빠가 늦은 밤 집을 둘러보며 아버지가 무탈하신지 살펴보는 게 우리의 어린 시절에서 별반 달라진 것 같지 않아 씁쓸하다.

아버지와 통화하고 불안하지만 어쨌든 이번 생에 내 아버지로 존재해 주셔서 감사하고 그 마음이 평안해지시기를 바란다. 아버지가 원하는 만큼의 사랑을 우리가 드리지 못하고 있는지 모르지만 그래도 모두가 아버지를 염려하고 있다는 걸 아셨으면 좋겠다. 곁에 아무도 없다는 슬픔을 분노로 표출하시는데 사실은 아버지 옆에 우리가 있다. 오늘 밤 아버지가 평안하기를, 그저 무탈하시기를……

나는 나일 뿐이다

내가 잘하거나 못하는 게 뭐지?

내가 원하는 게 뭐지?

내 욕망의 방향이 어디지?

내가 잘하는 걸 찾아보자. 나는 다른 사람의 말을 들을 때 관심을 기울인다. 그 사람이 원하는 게 무엇인지 찾아보려고 마음을 모은다. 내가 뭔가 해줄 수 있는 상황이면 기꺼이 손을 내민다. 요즘 아버지 어머니가 따로 살게 되고 형제들이 부모님으로부터 파생되는 불편함을 마주하느라 어렵다. 모여야 할 상황일 때 구심점이 없어서 언제 밥 먹자는 말만 되풀이한다. 어쩌다 모이기로 했는데 내가 참여하기 곤란한 날짜를 말하면 최대한 다른 일정을 정리하고 형제들의 형편에 맞춘다. 장소가 애매할 때는 우리 집에서 모이자고 제안한다. 지인들과 만날 때도 상대방의 상황을 고려해서 약속 장소를 잡곤 한다. 내가 멀리 움직이게 되더라도 주변과 편안하게 지내려고 한다. 한마디로 말하면 나는 주변에 있는 사람들에게 맞춰주기를 잘한다.

내가 잘하는 것을 더 찾아보면 사소한 약속도 잘 지키고, 매사에 친절하고 성실한 자세로 임하고, 내 것이 아니면 욕심부리지 않는다.

내가 못하는 일은 거절하기다. 하소연을 넘은 푸념까지 받아주다가 감정쓰레기통이 될 때도 있다. 주변의 사람에게 필요한 것이 무엇인지 발견하면 내가 힘들어도 해줘야 할 것 같은 의무감에 빠진다. 반면 내가 원하는 것을 표현하기가 불편하다. 눈치 보느라 이러지도 저러지도 못할 때가 있다. 나를 챙기고 싶은데 의무감에 남을 챙기다 마음이 상할 때가 있다.

친구에게 감정쓰레기통이 되지 않으려고 한 마디 했다가 오래된 우정이 깨졌다. 가끔 그 친구가 생각날 때도 있지만 다시 예전으로 돌아가 일방적으로 따뜻한 위로자 역할을 떠안기는 부담스럽다. 좌충우돌하며 원하는 걸 표현하고 불편을 해소하는 경험을 함께 나눈 직장 동료는 퇴사하고 몇 년이 지나도 편안하게 만나 삶을 공유한다. 30년 넘은 우정은 위로자의 태도에서 벗어나자 깨졌는데 불편해서 속앓이하던 직장 동료와는 속을 드러내고 이해점을 찾다가 친구가 되었다. 잘해주는 게 능사가 아니라 균형을 맞출 수 있어야 하나 보다.

내가 원하는 것은 주변의 눈치를 예민하게 살피는 것으로부터 자유로워지고 싶다. 어떠해야 한다는 프레임 없이 훨훨 날고 싶다. 긴장하고 눈치를 봄으로써 나를 지킬 수 있었던 시절이 있었다. 아니, 지켰다기보다 견딜 수 있었다.

식구들을 숨 쉴 틈 없이 몰아대던 아버지를 떠난 지 20년이 넘는다. 나는 가정을 꾸렸고 종종 다투기도 하지만 그럭저럭 봐줄 만하다. 자식들에게 전화로 큰소리치는 아버지는 자주 아픈 나에게는 자중하신다. 몇 차례 통화하면서 예전처럼 겁먹지 않는 내 태도에 아버지가 자신의 말이 더 이상 먹히지 않는다는 걸 알아차리셨나 싶기도 하다. 그렇다. 나는 이제 아버지에게 겁나지 않는다. 화내는 아버지가 불쌍하고 안타깝다. 아버지가 이번 생에서 얻고자 한 게 무엇일까 싶을 때도 있고, 인생을 통해 무엇을 배우고 계실까 궁금하기도 하다.

오랜 시간 울고, 슬퍼하고, 분노하다 닿은 지점이다. 예전에 비해 한 발 떨어져서 관찰자로 있는 나를 발견할 때가 많다. 그럼에도 불구하고 어려서부터 몸에 익은 긴장은 나와 떨어지지 않고 있다. 쓸데없이 눈치 보고 긴장하는 나를 알아차릴 때 속상하다. 어렸을 때 원하는 것을 표현하고 얻어 보지 못한 습관은 지금도 여전히 진행 중이라서 알아차리고 연습하는 시간이 필요하다.

내 욕망의 방향을 잘 알고 진짜로 원하는 삶을 찾아서 묵묵히 걸어가고 싶은데 헷갈린다. 40대 후반에도 어떻게 살아야 할지 헤매고 있다. 운전면허를 취득한 지 20년이나 되었지만 어쩌다 고속도로 대타로만 운전하다 보니 아직도 주차장이 제일 무섭다. 내가 운전하면 되는데 핑계 대고 안 하면 죽을 때까지 주차장 무섭다는 말이나 하고 있을 거다. 죽음의 순간에 후회하지 않도록 내 인생에 필요한 걸 찾고 조건을 모아야겠다.

아버지와 어머니가 따로 살게 되면서 외면하던 것들을 더 적나라하게 마주해야 했다. 차마 마주할 수 없었던 일들에 정면으로 서서 왜 그럴까 생각하고 슬픔, 원망, 분노를 느끼고 그것들 지켜보며 눈물 나고 안타까웠다. 저항하지 않고 '그래, 그렇구나' 인정하기까지 고단했다. 상처 입은 기억과 감정을 내가 보살펴야 했다. 나는 지금 스스로를 치유하기 위해 노력한다. 나는 나일 뿐임을 배우는 중이다.

나는 나일 뿐이다. 평안하고 행복하게 살기를 갈망하는 나다. 사랑하고 사랑받고 싶은 나다. 주차하는 게 무서운 초보운전자처럼 원하는 것을 찾고도 표현하기 낯설고 불편해서 어려워한다. 늘 도망가려던 내 삶의 태도에 미안하다. 이제, 도망치고 싶지 않다. 좀 어려워도 나를 보살피면서 살고 싶다.

거실 창으로 따뜻한 햇볕이 들어와서 나를 감싸주는 느낌이 포근하다.

슬픔의 면을 보았더니

호야가 꽃망울을 머금었다. 별 속에 별을 품는 호야꽃. 꽃망울을 보고 바닥에 철퍼덕 주저앉아 소리 내어 운다.

하루 45분 이상 호흡에 주의를 모으는 명상을 하며 지낸 지 일 년째 날이다. 나는 지금 슬픔의 면만 보여서 눈물이 난다. 며칠째 처지고 가족들에게 대답하는 것도 귀찮고 아침에 정해진 시간에 일어나는 것도 싫어서 억지로 일어나곤 한다. 몸은 차고 피부 가려움도 심해지고 골반뼈 부근도 시큰거리고 당겨서 오래 서 있지도, 걷지도, 앉지도 못한다.

"힘들다. 아프기 싫다, 아프지 않고 싶다, 애쓰지 않고도 그럭저럭 살아지는 날들이면 좋겠다."

이 말이 내 온몸에 스며든다. '힘들다' 말하고 나니 눈물이 흐르고 가슴 찢어지는 것 같고 온몸이 터질 것 같다. 내 몸이 뜻대로 되지 않는다는 경험을 오랫동안 했다. 처음에는 아파서 혼자 불편했고, 입원을 자주 하면서 가족들도 함께 어려웠다. 몇 달씩 치열하게 아프고 나면 마음이 무너지곤 했다. 내가 어떻게 해볼 수 없는 벽 앞에 서 있는 기분이었다. 차갑고 두께를 알 수 없는 벽 앞에 웅크리고 있다가 내가 숨 쉬고 있음을 깨달으면 한 줄기 햇살처럼 희망을 품곤 했다.

병원은 통증을 완화 시키지만 치유해 주지는 않았다. 항생제와 진통제로 인해 장이 과민해지고 다른 약들에도 몸이 예민해졌다. 링거 맞을 때 속도가 조금만 빨라져도 속이 메슥거리고 주삿바늘을 꽂은 부위가 붓고 혈관이 터졌다. 오랫동안 아프고 생활이 불편해지면서 병원이 내 몸을 고쳐주는 게 아니라 나 스스로 치유해야한다는 것을 깨닫기 시작했다.

치유자가 되어야 함을 깨닫고 나니 배워야 할 게 많았다. 그 과정에서 나의 감추고 숨긴 두려움과 슬픔이 파도처럼 왔다 갔다. 하나의 묵직한 밀물과 마주하고 썰물로 빠져나가면 또 다른 밀물이 들이쳤다. 매일 45분씩 명상하면서 밀물과 썰물을 알아차리며 내 몸이 지낼만하다고 여겼다. 힘이 나고 기운이 생겨서가 아니라 몸의 감각들을 알아차리고 호흡하면서 통증들이 나타났다 사라지는 것을 경험했다. 내가 몸에 집중하고 '그렇구나' 인정하면 통증들이 사라지는 것을 보면서 치유되는 느낌도 들었다. 감사하며 이렇게 알아차리고 살아가면 된다고 생각했다.

그런데 몇 달 전, 예전에 수술한 오른쪽 골반뼈 부분이 아팠다. 처음 아프던 날은 지나가는 바람 대하듯이 가볍게 마주했다. 이튿날에는 서 있지도 못해서 수술받은 병원의 응급실에 갔다. 병원에서는 걷지 못하는 정확한 원인을 찾지 못했다. 일주일은 목발 두 개에 의지했고 3주째부터는 목발 하나에 기댔다. 그 뒤 목발을 짚는 게 싫어서 남편이나 딸의 팔에 의지해서 걸었다. 입원할 만큼 아플 때도 병원에 혼자 다녔는데 이번에는 아프기 시작하고 3달 가까이 혼자서는 병원에 갈 수 없었다. 남편이 휴가를 내거나 딸과 함께 택시를 아파트 현관 앞까지 오게 해서 병원에 다녀왔다. 걷지 못하니까 어려움이 많았다.

"이 경험을 통해 내가 무엇을 배워야 하지?"

걷지 못하고 어지럼증에 열도 나지만 명상을 꾸준히 하고 나에게 좋은 것을 소개해주려고 했다. 마음이 축축

해질 때도 있지만 몸이 불편해서 다른 사람에게 전적으로 의존하는 이 경험을 통해 내가 무엇을 배워야 하는지 질문하며 수행자의 태도로 지냈다. '남편에게 의지하고 싶어 하는 나'와 마주했고, '어른으로 성장한 딸'을 마주하는 시간이었다. 내가 남편이나 딸에게 기대도 안전하다는 경험이었다. 아프지만 나를 챙기는 일상이 많아졌다. 노래 부르고, 바른 언어를 실천하고, 인터넷으로 좋은 강의를 찾아서 들었다. 몸이 아픈데도 불구하고 일상을 챙기는 내가 성장한 것처럼 느껴졌다. 이만하면 잘하고 있다는 생각이 올라왔다.

그런데, 요즘 명상할 때 집중을 못 한다. 주의가 산만해서 무슨 생각을 했는지 모를 때도 있고, 명상하면서 습관처럼 할 일을 떠올린다. '내가 산만하구나' 알아차리고 그래도 꾸준히 해보지만 답답하다. 명상 스승을 만나고 싶고, 뭔가 기운 내서 도전하고 싶은 욕구도 올라온다.

몸은 아직도 많이 걸을 수 없고 눈을 조금만 두리번거려도 어지럼증으로 몸을 가눌 수 없다. 얼굴 발진은 낫나 싶으면 증상이 심해지기를 반복하고 가려움증 때문에 자면서 긁다가 놀라서 깨곤 한다.

허물 벗기듯 속을 들여다보니 여전히 '힘들어하는

나'를 다시 마주한다. 내 몸을 함부로 다루지 못하도록 가르치려고 혼자 힘으로는 걷지 못하는 경험을 하게 했나 싶다. 아픈 걸 받아들이는 능력이 나아졌다는 교만이 내 속을 물들이지 않고 겸손을 배우게 하려고 긴 시간 동안 몸의 통증들이 사라지지 않나 보다.

눈물 때문에 얼굴이 따가워서 우는 것도 불편하다. 하루에 45분 이상 명상하기를 일 년 동안 했다. 행복의 면을 볼 때는 평화롭지만 오늘처럼 슬픔의 면을 볼 때는 괴롭다. 나의 모든 것이 슬픔으로 느껴지고 서럽다. 슬픔의 면에서 시선이 잘 옮겨지지 않는다. 괴로움인 줄 알고도 부여잡고 힘들어하는 나에게 미안하다.

나와 같은 집에서 10여 년을 지낸 호야는 칭칭 감긴 넝쿨 속에 세 송이의 꽃망울을 머금고 있다. 두꺼워진 잎과 넝쿨 속에서 조용히 꽃을 피우려 준비하고 있다. 내가 숨 쉬고 살아있음을 기억해야 한다.

나는 어떻게 해야 하나?

살아있으니 힘들어도 움직여야 한다고 생각한다. 피로하지 않은 때가 나에게 존재했는지 모르겠다. 몸이 개운하거나 기운이 가득한 느낌 없이 어려서부터 힘듦을 당연하게 받아들이고 살았다.

내 사정을 제법 많이 아는 친구가 스케줄을 줄이는 게 좋겠다는 조언을 했다. 친구의 조언을 못 들은 척하고 내가 스케줄 소화해야 할 이유를 잔뜩 들이대고 싶지만 입을 다물었다. 몸을 함부로 움직이면 안 된다는 숱한 경험이 떠올라서다.

몸과 마음을 관찰하고 토닥거리며 산다고 말하지만 나는 아직도 힘듦을 수용한다. 이 말은 내가 여전히 몸의 소리에 귀 기울이지 않는 거다. 어려서부터 뭔가 하려고 하면 병이 나기도 했다. 하려던 일에서 도망치고 싶을 때 아프다는 것은 좋은 피난처가 되기도 했지만 어려움을 극복하지 못하는 나약한 내가 각인되어 불편했다. 하고 싶은 것에 집중하며 배우고 성장하고 싶은데 몸은 생각을 따라주지 않는다.

나는 요즘 동의보감과 명리학 기초를 배우는 수업에 참여하기 위해 개인 약속은 잡지 않고, 전화통화도 거의 하지 않고, 매 순간 숨을 잘 쉬려고 한다. 들숨과 날숨을 관찰하다 보면 내 몸에 에너지가 조금씩 스미는 느낌이다. 그런데도 몸이 지쳐서 숨쉬기가 힘들어지는 순간이 있다. 친구의 말대로 나에게 아무리 좋은 것이라도 미련을 버려야 하는 때가 있다. 끌고 가다 몸의 극렬한 저항과 마주하기 전에 욕심을 내려놓아야 한다.

내 몸이 감당하기 버거운 것은 욕심이다. '그래, 욕심이다.' 이 알아차림에 왈칵 눈물이 난다. 하고 싶은 것과 할 수 없는 몸의 엇박자는 욕심이니 비워야 하는구나. 내 몸을 더 알고 싶어서 동의보감과 명리학 공부에 참여하는 것이 욕심이라는 현실 앞에 막막하고 슬프다.

어젯밤 어깨 부위가 꽉 뭉치고 오른쪽 팔은 잠을 자다가도 아파서 수시로 깼다. 발끝부터 종아리까지 시리고 뼈가 부서지는 듯해서 8월 삼복더위에 이불 두 개를 덮고 잤다. 길게 느껴지던 밤이 지나고 새로운 날이다. 따끔거리던 목도 오늘은 침을 삼킬만하다.

아팠던 이유는 몸을 무리한 내 탓이다. 병원에 가고 수업에 참여하느라 일주일 동안 서울에 두 번 다녀왔다. 몇 주 전에 수업을 함께 듣는 분에게 차 한 잔 사달라고 했다. 그 말이 계기가 되어 우리는 수업을 마치고 차를 한 잔 마시는 호사를 누리기 시작했다. 뭔가 시작을 잘하는 식상食傷의 기운을 가지고 있는 내가 벌인 일인데 관성官星이 없어서인지 관계를 맺는 상황이 오자 몸이 아프다고 난리다. 아니, 이 일은 굳이 명리를 들추지 않아도 보통 사람보다 에너지가 부족한 내가 이틀이나 서울에 간 데다 누군가 차를 사줬으니 나도 사야 한다는 강박이 앞서서 몸을 챙기지 못해서다. 요즘 다리 아파서 걷기도 힘들고 기운 없어서 말하는 것 자체가 부담인데 수업에 참여하고 사람들과 대화 나누느라 에너지를 많이 써서 부대끼는 거다.

나는 함께 수업 듣는 사람들과 좋은 관계를 맺고 싶다. 차 마시며 나누는 대화도 재미있다. 그러나 차 마시고 집에 올 때마다 내 에너지가 바닥나서 숨쉬기가 힘들다. 수업에 참여하기 위해서 날마다 기운을 모으고 주의를 기울이지만 서울까지 다녀오는 수고를 몸은 괴로워한다. 버스에 앉아 있으면 괴로워서 어디가 어떻게 아픈지, 통증이 어떤지, 주의를 기울이고 관찰해야 한다. 말하는 것 자체로 기운이 흩어지고 방전된다.

'나'라는 사람은 어떤 관계도 맺지 않고 홀로 존재하며 수행만 해야 하나? 수행도 관계 속에서 완성되는 것 아닌가? 어떻게 해야 할까? 도대체 '나'라는 사람은 어떻게 살아야 할까? 사람들과 차 마시러 가서 내가 주도적으로 말하는 게 아니고 듣고 있을 때가 많은데 고개 끄덕이는 행동만으로도 어지럼증을 느낀다. 이쯤 되면 아무것도 하지 말고 죽음만 기다려야 하는 인생인 것은 아닌지 답답하다. 무엇인가 시작하고 싶고 관계 맺어서 충만한 느낌의 날들을 살고 싶은데 몸은 꽁꽁 얼어서 '웃기지 말라'고, '욕심부리지 말라'고 하는 것 같다.

"나는 도대체 어떻게 해야 하나?"

내가 원하는 것을 알아차리되 기다려 보자. 내가 주도적으로 연결고리 만들려고 하지 말고 기다리자. 꽁꽁 얼어있는 몸을 나 몰라라 하지 말고 따스하게 지켜보자. 무엇을 기다리고, 무엇을 따뜻하게 지켜볼지 답이 보이지 않는데 공염불처럼 다짐한다. 하고 싶은 것과 할 수 없는 몸의 엇박자가 조율될지도 모른다는 기대를 버릴 수 없어서 '기다리자'며 다짐하는 내가 안쓰럽다, 미안하다. 그래도 다짐이라도 해야 살 수 있을 것 같다.

지혜로운 여성이고 싶다

친정 부모님이 별거한다. 두 분이 합의한 것이 아니고 아버지와 함께 있기 두려운 어머니가 집을 나와서 자식들이 따로 거처를 마련해 드렸다.

자신은 잘못이 없다고 말하는 아버지가 경찰서에 가서 항의하여 경찰이 우리 형제들에게 전화하고 있다. 아버지를 혼자 있게 하면 문제가 발생할 수 있을 것 같으니 조치를 하라고 한다. 하지만 나이 80에 의처증과 알콜 의존도가 높은 아버지의 입원을 허락하는 병원이 없다. 요양병원에서는 감당할 수 없다고 하고 정신병원에서는 아버지가 연로하셔서 사고의 위험이 있다고 받아주지 않는다. 59년이나 아버지를 감당하던 어머니는 겁에 질려 있다. 가족 문제니까 알아서 조치하라는 경찰의 말이 답답하다.

동네 어르신이 아버지한테 자식들은 어머니와 연락된다고 말했단다. 그래서 나와 형제들이 잔뜩 긴장했다. 혹시 무슨 일이 벌어질까 봐 노심초사한다.

어머니나 나의 형제들은 아버지에게 주눅 들어서 어떻게든 비위를 맞추려 노력하다 보니 우리가 원하는 게 무엇인지 표현은 고사하고 알아차리기도 버겁다. 어려서나 지금이나 별반 다르지 않다. 끝없이 화내고 있어서 가족들이 어찌할 줄 모르게 하는 친정아버지의 태도는 지금도 내 생활에 영향을 미친다. 그래서인지 불안이 수시로 나를 흔든다.

남편은 내가 친정아버지에 대해 한 발 뒤로 빼고 '그렇구나' 인정하며 배우는 태도로 지내려 노력한다는 것을 알고 있다. 하지만 일이 생길 때마다 남편이 내 인생으로 들어와 불안과 짜증으로부터 구해주지 않는다. 남편이 나를 위로해주거나 내가 해야 하는 것들을 대신해줄 수 없다는 사실에 직면할 때 외롭다. 내가 누군가에게 기대고 싶어 하는 약한 존재였음을 인정하고, 있는 그대로의 나로 살아보려 하지만 화나고 답답하고 긴장되고 서럽다.

눈물을 삼키고 크리스티안 노스럽의 『여성의 몸 여성의 지혜』(한문화, 2018년)를 읽는다. 작가는 건강과 질병이 삶과 밀접한 관련이 있고 사회적 편견과 믿음으로 여성이 무의식적으로 짊어지는 것들이 질병으로 나타난다고 한다. 유방의 혹이나 유방암 뒤에는 양육과 관련된 상처, 슬픔, 풀어버리지 못한 감정적인 문제가 있으며 후회와 슬픔 같은 감정의 에너지가 가슴에 쌓이고 자신이나 타인을 용서할 수 없다는 것에 대한 죄책감이 유방의 에너지를 차단한다고 한다. 만성적인 분노를 의식적인 차원에서 자각하기 힘들 때 다뇨증 형태로 나타나기도 하고 다른 사람이나 상황에 통제받는 스트레스는 외음부의 문제를 일으킨다고 한다. 몸의 메시지에 귀 기울일 때 감정과 육체와 영혼을 치유한다고 한다.

요즘 여성들의 유방 관련 질환이 많아서인지 종합병원에서 초음파 검사를 받고 진료를 받으려면 오래 기다려야 한다. 상처 입거나 슬픔만으로도 버거운데 죄책감까지 느끼니 에너지가 순환되지 않아서 병이 되나 보다. 종합병원에서 정기적으로 추적 관찰하고 있는 내 가슴의 혹이 풀어버리지 못한 감정에서 비롯되었음을 이해하고 인정하며 안타까운 마음이다.

어린 시절 암울한 집에서 벗어나는 게 내 인생의 목표였다. 대학을 졸업할 무렵 무작정 서울에 있는 회사에 취직하고 월세방에서 살았다. 아버지로부터 어떠한 경제적 지원도 받지 못했다. 건강이 나빠져서 다시 집으로 돌아갔을 때도 아버지가 화내실까 봐 두려워서 얼른 이력서를 내고 취직했다. 내가 하고 싶은 일이 무엇인지 찾거나 건강을 회복하기보다는 집에 있는 게 눈치 보여서 직장에 가려고 했다. 집에서 벗어나고야 말겠다는 목표는 나이 들었으니 직장에 다녀야 한다는 의무감으로 변해서 입사와 퇴사를 반복했다. 몸을 조금 추스르면 직장에 나갔고 아프면 퇴사를 결정하곤 했다.

결혼하면 다르게 살 수 있을 줄 알았는데 지나치게 애쓰고 방전되기를 반복한다. 어쩌면, 내 골반뼈의 혹이 어려서부터 반복된 좌절감의 눈물인지도 모른다. 대퇴부를 잡아줘야 하는 골반의 뼛속이 비었고 통증이 심해서 이식수술도 받았으나 다시 재발했다. 삶을 변화시킬 필요가 있는 부분에서 좌절을 겪지 않으면 병도 생기지 않는다는데 구속에서 벗어나고자 하면서도 변화와 독립에 대한 두려움을 회피하려는 나의 심리적 패턴이 또다시 골반에 문제를 일으킨 것 같다.

요즘 명상하며 일기를 쓰고 있다. 마흔 살 후반이 되도록 꾹꾹 눌렀던 감정들을 피하지 않으려고 한다. 한 발만 더 물러서면 낭떠러지로 떨어질 것 같다. 이 절박함이 친정 부모님에 대해 사실을 사실대로 보게 한다.

앞면만 보지 않고 옆면과 뒷면도 보려고 한다. 아버지로 인해 어려움이 많다고 여겼는데 내 두려움이 실제보다 증폭해서 사건을 해석하는 게 문제인 경우가 있다. 내가 마주해야 할 두려움을 남편에게 기대서 해결하려다가 외로워지곤 한다. 내가 원하는 걸 찾기 전에 남에게 반응하며 무리하게 애쓰는 이유가 두려움 때문이다.

아랫부분이 따끔거리고 소변이 자꾸 마렵다. 피곤할 때 발생하는 증상인데 심리적으로 불편해서인지 다뇨증이 나타났다. 억압된 감정과 긴장이 내 몸과 마음에 영향을 미친다는 생각이 들어서 팥을 데워 아랫부분에 두고 따뜻한 온기가 퍼지는 것에 집중한다. 편안하게 누워서 내 호흡이 들어오고 나가는 것을 관찰한다. 따끔거리던 아랫부분이 팥의 온기와 더불어 편안해지다 몸이 나른해지는 것을 지켜본다.

아버지에 대해 노심초사하는 마음을 인정한다. 어린 시절의 기억과 겹쳐서 무서운 상상 속에 빠져 있었다. 도망치고 싶은 마음이 몸에 상처를 입히고 있었다. 몸이 질병을 통해 나 자신의 목소리를 듣게 한다. 더 도망치지 말고 지혜로운 여성으로 해소되지 않은 감정을 치유해서 몸과 마음이 평안하게 살아가라고 한다.

나는 건강한 몸으로 건강하게 생활하고 싶다. 몸의 에너지가 차오르고 자연스럽게 흘러서 세상의 아름다운 것들과 많이 만나고 싶다. 좋은 사람들과 만나 공부하며 나누고 싶다. 지나간 상처와 후회든, 내가 지금 원하는 것이든 마주해야 한다. 마주하다 보면 지혜로운 여성으로 물들게 되지 않을까 싶다.

힘을 빼고 용서해

이제, 애처롭고 안타까운 기억과 시간을 용서하고 싶다

일상에 조그맣게 점을 찍고 있다

일상에 조그맣게 점을 찍고 있다. 하루의 매 순간을 깨어있지는 못해도 어둡다고 여겼던 과거의 기억과 습관들에 조그맣고 여린 빛으로 점을 찍는다. 못나 보이고 화나고 답답하던 모든 것을 용서하고 나의 일상을 잘 챙기려고 의도한다.

'세상 끝의 집-카르투시오 봉쇄수도원'(KBS1TV, 2019년)이란 다큐멘터리를 보았다. 경북 상주 산곡산에 있는 수도원이다. 스스로 선택한 좁은 공간에서 영원의 진리를 좇고 있는 수도사들의 모습을 보고 눈물이 핑 돈다. 슬픈 장면도 없고 내 감정을 쥐어짤 만한 언어도 없다. 그런데 수도사들이 침묵 속에서 기도하고, 몸을 움직여 텃밭을 가꾸고, 정해진 날 산책하러 나가고, 정해진 시간만큼 대화를 나누고, 음식을 절제해서 먹고, 청빈을 생활 속에서 실천하며 살아가는 일상에 눈물이 난다. 카르투시오 봉쇄수도원에서 스스로 규율을 따르고 청정하게 기도하는 모습이 내 속에 파장을 일으킨다.

　나는 원하는 게 무엇인지 모르며 살 때가 많았다. 지금 명상하고 수행자의 태도로 사는 이유는 나에게 주의를 모으고 불편함과 마주하기 위해서다. 그 과정에서 배우고 한 발 내딛기 위해서다. 또 다른 고갯마루와 마주하더라도 용기를 잃지 않고 싶다.

　명상하고 수행자의 태도로 사는 것이 내가 원하는 삶이라고 말하기는 좀 어색하다. 원해서가 아니라 그렇게 해야지만 살아지는 인생이라서 선택한 태도다. 그럭저럭 살만했다면 매일 45분 이상 명상하고 수행자의 태도로 지내기가 쉽지 않았을 것 같다.

　일상이 수행임을 배우고 있고 때로 온전히 '지금'에 존재하는 느낌이 들기도 하지만 나의 마음은 수시로 널뛴다. 널뛰기하는 내가 보이면 '그렇구나' 인정하고 말 때도 있지만 불편한 마음이 계속 올라오기도 한다. 카르투시오 수도원의 수도사들도 세상 사람들이 보기에는 다 내려놓고 사는구나 싶지만 그들 깊은 속에서 불타는 욕구 때문에 번민할지도 모른다. 그럼에도 침묵과 기도를 통해 일상을 아름답게 물들이며 수행으로 한 발 더 내딛고 있을 뿐인지도 모른다.

다큐멘터리에서 한 수도사는 공부하는 게 좋아서 자녀를 낳으면 공부 방법을 가르쳐주려고 정리해서 담아둔 상자를 버렸단다. 아끼던 것을 기꺼이 내려놓고 고독을 선택한 카르투시오의 수도사 앞에서 나도 내면의 청소를 하고 싶다. 내가 가지고 싶었으나 갖지 못한 숱한 것에 대한 미련을 쓸어내고 싶다. 해소하지 못한 감정의 찌꺼기를 말끔히 정리하고 싶다. '지금' 존재하려는 마음마저 종종 뒤죽박죽되는 내가 12월 말의 자잘한 나뭇가지처럼 느껴지지만 알아차리고 청소하다 보면 일상이 좀 더 좋게 물들려나 싶다.

내가 원하는 것은 두려움이나 괴로움이 없는 상태면 좋겠다. 두려움이 너무 쉽게 나를 덮쳐서 불편하다. 건강한 몸과 마음으로 충분히 사랑받는 존재이고 싶고 좋은 사람들과 관계 맺고 싶다. 또 아름다움을 느낄 줄 알고, 스스로 아름답게 살고 싶다. 한 존재로서 가치 있기를 원한다.

나는 지금 원하는 것들의 어디에 서 있을까? 명상을 통해 내가 두려움이나 괴로움에 빠져 주저앉아 있었음을 깨닫고 수행자의 태도로 일어나서 한 발씩 걷고 있다. 사랑받고 싶고 누군가에게 기대고 싶지만 내가 나에게 해줘야 하는 사랑임을 알아차렸다가 잊어버리고, 다시 알아차리기를 반복하고 있다. 이제 온전히 내 역할로 흡수하여 따뜻하게 사랑하고 싶다. 아프지 않을 때도 많이 있다는 것을 의도적으로 느끼려고 노력한다. 하지만 기운이 달린다. 몸이 보내는 신호에 아직도 모르는 척하고 무리하는 때가 있다. 몸의 통증을 그 자체로 받아들이는 태도는 전보다 좋아졌지만 건강하고 힘 있는 몸이 될 수 있다는 기대는 하지 못한다. 좋은 사람들이 내 주변에 존재하는 것에 감사하고 그들과 꾸준히 관계 유지하려고 하지만 기운이 없어서 함께 할 수 있는 시간은 부족하다.

나는 자잘한 나뭇가지 같다. 하지만 예전보다 편안하다. 좋은 쪽으로 조금 성장한 것 같기도 하다. 내가 모르는 게 많고 부족한 부분이 많은 존재여서 명상하며 수행자의 태도로 일상에 조그맣게 점을 찍으며 사는 거다. 내가 이번 생만 살고 끝나는지 다음 생이 또 있는지 모르지만 어쨌든 살아 있는 동안 좋은 선택을 하며 살고 싶다. 오늘 나의 일상에 조그만 점을 찍는다. 불편하고 어렵고 헷갈리는 게 많지만 내가 선택하고 물들이고 책임지는 점이다.

호흡에 집중하다 보니

호흡에 집중하며 나를 챙기는 걸 배우고 있다. 어느 날은 챙길 만하고, 어느 날은 다 싫다. 싫은 마음을 알아 차리고 움직여 본다. 어제의 마음에 안 드는 내가 아니 라 원하는 것을 하는 오늘의 내가 되는 중이다.

호흡에 집중하다 보니 몸 부대낌의 두려움이 작아지 고 편안해졌다. 부대낌이 전혀 없다는 게 아니라 몸과 마음의 이상 징후를 알아차리고 '그렇구나' 하고 있다. 속이 메슥거리면 심호흡하고 죽염을 먹는다. 목이 마르 거나 당기면 물을 마신다. 어디서든 틈틈이 배꼽 주변에 주의 두고 호흡을 한다.

요즘 내가 편안함을 느낄 수 있는 행위를 의도적으로 하고 있다. 예를 들어 알람을 맞추고 집중 독서를 한다.

생각이 날갯짓하며 날아다니는 것을 멈추고 좋은 글에
집중함으로써 마음이 평안해진다. 잭 콘필드의 『마음의
숲을 거닐다』(한언, 2017년) 책을 반복해서 읽으며 '내 상
태가 이것인가?', '이 수련 방법 하면 좋겠다.' 생각하기
도 한다. 부대끼는 감정이 건드려지면 펑펑 울다가 다시
고요해지기도 한다.

　누군가 나더러 명상을 시작하고 무엇을 깨달았냐고
묻는다면 집중해서 호흡하는 법을 배우고 있다는 말밖
에 할 수 없다. 고단했던 순간들에 대해 미안하고 그 순
간마다 스스로에게 질책했던 나를 용서하는 중이라고
말하고 싶기도 하다.

　미래에 대한 걱정으로 태반의 시간을 보내기도 하고 과
거의 아픔은 기를 쓰고 올라와서 내 발목을 잡고 흔들기
도 한다. 분노하고 슬퍼하다 누군가에게 하소연하고 싶어
서 말하기도 한다. 말로 아무리 하소연해도 내 속의 헛헛
함이 사라지지 않는다는 것도 안다. 명상하며 호흡에 주
의 모으면서 달라진 점은 그런 상태를 알아차릴 뿐이다.

　분노나 슬픔을 일으키는 원인을 제공하는 대상에게
불편함을 느끼지만 단절하지 않고 관계를 유지한다. 그
렇다고 불편한 대상과 밀접하게 유지하려고 애쓰지도
않는다. 그저 그 감정을 마주한다. 그러다 불편하게 느

끼던 대상의 다른 면을 보기도 하고 상처로 여겼던 부분이 고요해지기도 한다. 한 번 맛본 고요가 영원하지 않아서 자꾸 연습하고 있다.

명상일지에 "나를 챙기는 하루"라는 소제목으로 메모하는데 '지금이 나의 마지막 순간'이란 문구가 떠올랐다. '지금'이 전부이면서 지나가는 과정의 비어 있음이다. 미래에 어떻게 할지 생각하는 것은 존재할 수 없는 허상일 뿐이다. 과거의 무엇인가에 어떤 태도를 취하거나 말해야 했는데 하지 못해서 후회하는 것도 존재할 수 없는 허상이다. 과거의 실제 사건들도 기억의 조각들이 사건 당사자끼리 다를 수 있다. 내가 정확히 기억한다고 고집할 수 없다. 그 사건이나 기억은 사라진 것이다. 나는 '지금'에 존재한다. 여기가 처음이면서 마지막이다.

나와 세상의 모든 존재들에게 자애심이 충만하기를
나와 세상의 모든 존재들이 정신적으로 평안하기를
나와 세상의 모든 존재들이 육체적으로 평화롭기를
나와 세상의 모든 존재들이 건강하고 행복하기를
나와 세상의 모든 존재들에게 균형과 평정과 평화가
오기를

자애명상을 통해서 나와 관계 맺고 있는 사람들에 대해 위로받는다. 몹시 미운 때도 있고, 걱정되는 때도 있고, 그저 편안하기만 바라는 때도 있는데 자애문구를 읊조리고 나면 내 속의 달그락거림이 진정되거나 고요함이 들어온다.

명상하면서 수시로 눈물이 흐른다. 과거에 원하는 대상이 나를 봐주지 않았다는 서글픔일 수도 있고, 사랑받고 싶은 욕구 때문일 수도 있고, 힘들어서 위로받았어야 할 일들을 이제야 눈물로 씻어내는 것일 수도 있다고 생각한다. 어쩌면 알게 모르게 쌓았던 칸막이나 원망을 눈물로 녹여내는 것일 수도 있다. 대체의학, 요가테라피를 거쳐 명상을 시작했는데 매사 내가 선택하는 것이고 힘은 나에게 있다는 생각이 든다.

"나는 선택할 수 있고 책임진다."

행복도 내가 선택한다는 생각이 든다. 행복을 선택한 사람들이 아름다워 보인다. 마츠타니 미츠예 감독의 '타샤 튜더'(2018년) 다큐멘터리를 보며 자연과 더불어 살아가는 타샤의 모습이 행복해 보인다. 단독주택으로 이사해서 정원 가꾸는 지인이 마당 호미질하면서 땅속의 잡초가 11월에도 초록색을 그대로 머금고 존재하는 게 신기하다며 즐거워하는 모습이 행복해 보인다. 그 옆에서 나도 즐거워지고 행복하다. 내 주변에 행복한 사람이 존재해서 감사하다.

'혼자'라는 느낌이 들던 날

어수선하고 답답하든, 편안하든지 간에 모두 나의 상태인데 불편함을 마주하기가 어렵다. 이 불편함도 '그렇구나' 받아들이고 넘어가야겠지만 내 속에서 자꾸 분별하는 마음이 생긴다.

쓸모 있는 사람으로 인정받고 싶다. 그 밑에는 사랑받고 싶은 욕구가 있다. 쓸모 있어야 사랑받는다는 잠재의식과 또 만나고 있다. '그렇구나, 그랬구나.' 내 감정을 하나씩 지켜보면 어김없이 '사랑받고 싶은 나'와 만나게 된다.

요즘 혼자 있는 나의 하루가 길다. 사람과의 연결고리가 미약하고 텅 빈 곳에 혼자 있는 것 같다. 무엇인가로 메꾸고 싶고 누군가에게 전화해서 하소연하고 싶다. 그러나 말의 허무와 늪에 빠져 헤어나기 어려워지고 마음이 더 무거워질까 봐 겁난다. 텔레비전을 켜자니 채널만 돌리며 허망한 하루로 채워져서 '일상 챙기기'를 놓칠까 봐 두렵다.

'나'라고 할 만한 것이 무엇이 있을까 떠올려 보니 아무것도 없다. 관계 속에서의 '나'는 있지만 홀로 우뚝 서 있는 '나'에 대해서는 찾을 수가 없다. 원하는 게 무엇인지 들여다보니 보이지 않는다. 본질을 생각하면 아무것도 없는데 관계에서는 뭐가 그리 복잡해지고 살면 얼마나 살았다고 그렇게 지치는지 모르겠다. 내가 편안해지면 불편함도 '그랬지' 할 뿐이고, 좋았던 추억도 언젠가 '그랬지' 할 뿐이고, 훗날에 내가 사라지면 기억 자체도 없어질 텐데 일상의 관계에서는 파도를 탄다.

어제는 오랜만에 모임 다녀오면서 마음 한편이 횡했다. 그들에게 한 발 더 들어가서 편하게 지내고 싶기도 한데 내가 그들에게 거리를 두는 것인지 그들이 나에게 그렇게 하는지 일정한 거리감이 느껴졌다. 관계에서 이 거리감을 자주 느끼는 것을 보면 내 속에 섣불리 덤볐다가 상처 입고 깨지기보다 오랜 시간 함께 하고 싶은 조심성 때문인가 싶다. 혼자 있고 싶지 않은, 누군가와 관계를 유지하려는 애씀 같다. 나의 본질은 관계를 유지하기 위해 조심하고 그 안에서 해야 할 일을 찾다 보니 민감하게 챙기려고 애쓰는 사람인가 보다.

내 속마음은 매사에 시원하게 너는 너고 나는 나로 살면 좋겠고, 건강한 몸으로 활력을 느끼며 살면 좋겠고, 그 밑바탕은 지혜와 사랑으로 물들면 좋겠다. 그런데 나에 대해서 관찰하면 할수록 쪼잔하고 이기적이고 사랑에 목말라하는 어린애가 있음을 본다. 나와 내 주변을 관찰하면서 뭐가 뭔지 모르겠다 싶을 때도 있고 단순하게 그냥 존재할 뿐임을 느낄 때도 있다. 이것이 지금의 내 상태구나 인정할 뿐이다.

부추를 손질했다. 여느 때처럼 유튜브로 강의를 듣거나 음악을 켜지도 않고 부추에 집중하고 있는 나를 발견했다. 잡념 없이 주의를 모으고 있으니 편안했다. 부추한 단을 다듬으며 주변의 소음도 끄고 마음속 어수선한 잡념도 껐기 때문이다. 이 생각 저 생각으로 널뛰기하며 쉴 틈 없는 '나'라는 존재가 발바닥을 땅에 붙이고 서 있었다.

몸은 여기에 있는데 마음은 저기에 있을 때가 있다. 그 간격이 클수록 불편해지는 것 같다. 몸의 감각 없는 상태는 죽음이다. 몸이 세상과 부딪쳐 살아가고 있다. 그럼 생각이 떠오르고 '내 생각, 내 마음'이라는 집착이 생긴다. 몸과 마음이 서로 협력하면 좋겠지만 서로에게 가장 큰 적이 되어 못마땅해하고 질책하기도 한다. '자책'이라는 이름으로······.

내 속에는 여러 존재가 있다. 나에게 무한정 연민을 품은 존재, 무조건 질타하는 존재, 사랑받고 싶은 존재, 사랑하고 싶은 존재, 욕심 가득한 존재, 베풀려는 존재 등. 이제, 옳고 그름을 판단하려는 잣대를 집어 던지고 싶다. 내 속의 존재들과 몸이 서로에 대해 '그렇구나' 인정하고, 매 순간 마주하는 세상에 온전히 집중하고 싶다. 부추를 다듬고 씻듯이······.

부추를 씻어서 냉장고에 넣다가 잡채 생각이 났다. 손이 많이 가는 요리라 남편의 생일에나 하는 잡채가 먹고 싶다니 코웃음이 났다. 하지만 나는 잡채 할 만한 다른 재료가 있는지 냉장고를 살폈다. 인터넷으로 재료를 볶지 않고 채소에서 빠져나오는 수분으로 요리하는 방법을 찾았다. 부추의 초록색이 선명한 잡채가 완성되기까지 1시간이나 걸렸다. 접시에 담아 식탁에 앉아 먹는데 마음이 충만했다.

결혼을 하고 20여 년 동안 요리했지만 오로지 나만을 위해서 손이 많이 가는 음식을 한 것은 처음이다. 요리하다 보면 몸이 지쳐서 먹으려고 할 때 맛을 느낄 수 없는 경우가 많은데 오늘은 나만을 위한 잡채를 세세히 음미했다. 기름에 볶지 않아 담백하고 재료의 고유한 질감이 편안했다. 나를 위해서 정성껏 준비한 잡채를 먹으며 다운된 마음이 위로됐다.

혼자 있는 시간을 허둥대면서 어떻게 지내야 할지 몰라 헤매는 것을 멈춘다. 나를 인정하고 부추를 다듬고 잡채를 만들어 먹으며 '혼자'라는 느낌으로 뒷걸음질하던 마음이 편안해졌다. 소소한 일상이 나에게서 도망치지 않고 대면할 수 있는 용기를 준다. 어수선하던 마음이 용서된다. 나에게서 도망치지 않고 대면하기로 한다.

친정 식구들 집들이

여러 사정으로 한동안 친정 식구들이 제대로 모이지
못했다.

내가 이사해서 만나자고 말할 수 있는 좋은 구실이 생
겨 친정 식구들에게 모이자고 했다. 잘 걷지도 못하고,
수시로 열이 나지만 가족이라는 이름으로 만나고 싶었
다.

내 몸이 편하지 않으니 음식을 주문해서 먹기로 했다.
하지만 날짜가 다가오자 자매들이 음식을 해오겠다고
했다. 작년에 택배로 받은 김장김치도 떨어져 가는 중이
었는데 챙겨다 준다고 했다. 배달음식 먹으려던 계획을
취소하고 내가 샐러드와 간단하게 먹을 수 있는 것들을
준비하기로 했다.

이틀 동안 남편이 장을 봐오면 채소를 다듬고 씻었다. 다리가 무겁거나 당기는 느낌이 들면 소파에 누워 쉬면서 집들이 준비를 했다. 마른반찬도 하고 부침개 재료도 손질하며 나름 분주하게 식구들 맞이할 준비를 했다. 친정 식구들은 전화해서 내 몸 힘드니까 음식 하려고 하지 말라고 했지만 모이기로 한 날짜가 다가올수록 뭔가를 챙기게 되었다.

집들이하는 날 식구들이 도착할 때마다 커다란 보따리를 들고 왔다. 특히 큰언니는 다른 식구들이 나가서 함께 짐을 들고 와야 할 만큼 가져왔다. 된장, 고추장, 간장, 배추김치, 파김치, 동치미, 고춧잎 간장절임, 깨소금, 들기름 등을 나도 주고 다른 형제들에게 나눠줄 것까지 챙겨왔다. 둘째언니도 불고기, 육개장, 열무김치, 장아찌, 나물, 잡채 재료 손질한 것들을 잔뜩 들고 왔다.

형제들이 준비해온 음식이 많아서 정리하느라 바쁜 와중에도 저녁 식사를 그럴듯하게 차렸다. 그릇이 모자랄 정도였고 친정 식구들이 자주 모일 때처럼 잔칫집 분위기였다. 음식마다 정성이 가득해서 맛있었고 함께 앉아 밥 먹는 자체로 기뻤다.

나는 집만 제공했을 뿐이고 먹을 음식은 언니들이 해온 것으로 푸짐하게 차려졌다. 음식으로 인정 나누는 언니들에게 감사한 시간이었다. 언니들의 건강 상태도 편안하지 않다는 것을 알기 때문에 음식 해오느라 기운 빼고 힘들까 봐 걱정이지만 언니들 덕분에 맛있는 거 먹어서 기쁘고 감사하다고 했다. 언니들이 나를 챙겨줄 때 기뻐하면 언니들 얼굴도 함박 미소가 퍼졌다. 나는 준비하고 챙기는 언니들의 손길이 버겁지 않기를 바랄 뿐이다.

식구들은 이사한 집이 넓고 쓸모 있다, 수납장이 잘 되어있다며 칭찬하고 새로 산 몇몇 가전제품과 가구에 대해서도 감탄했다. 평범한 것들로 채워진 집인데 모두 만족스러워했다. '이 집에서는 아프지 말고 건강하라'는 덕담을 많이 해줬다. 새로 이사한 집에서 좋은 일만 생기기를 바라는 식구들의 마음결이 느껴졌다. 가족이라는 울타리로 만나 서로 챙겨주려는 마음이 여전했다. 장성한 조카들도 자기들끼리 대화하며 정을 나누는 모습이 보기 좋았다.

모이기 전에는 저녁 먹고 일찍 헤어지자고 했는데 오랜만에 만나 함께 있는 것이 모두 좋았는지 어떻게 지내는지 이런저런 이야기를 나누다가 늦은 시간에 돌아갔다. 자고 가라니까 내 몸이 힘들어서 안 된다고 했다.

아버지와 별거하게 된 어머니의 거처와 생활비를 어떻게 챙겨드려야 할지 의논할 때는 아무도 회피하지 않았다. 혼자 살게 될 어머니 집에 필요한 물품에 대해서도 자기가 할 수 있는 일을 기꺼이 맡아주었다. 아버지의 더 심해지는 의처증으로 80대의 친정 부모님이 별거한다는 것에 대해 슬프지만, 현실을 받아들이고 부모님의 안전을 확보하기로 한 우리는 연대하며 함께 힘을 내고 있었다. 아무도 미워하지 않고 서로를 안타까워하며 손잡고 걷는 느낌이었다.

형제들과 오랜만의 기분 좋은 만남인 것을 내 몸도 아는지 심하게 절뚝거리거나 고열이 나지는 않았다. 몇 시간을 서성였으나 잘 감당한 내 몸에 감사하고, 내가 사는 먼 곳까지 와준 친정 식구들에게 감사하고, 일주일 내내 데워 먹기만 하면 되는 음식이 냉장고에 가득 차 있어서 든든하고, 텅텅 비었던 김치냉장고에 몇 달 동안 먹을 김치로 채워져서 감사하다. 함께 있으니까 힘 나고 웃음 나는 형제가 있어서 감사하다. 이만하면 내가 부자인 것 같다.

멍때리기, 살려고 배웠지만

명상할 때 호흡이 들어오고 나가는데 생각으로 빠져든 상태도 아니고 선명하고 맑은 상태도 아니다. 그저 멍하다. '내가 멍때리고 있구나' 알아차리고 호흡으로 주의 모으다가 내가 어릴 때 살아갈 방법으로 배운 게 '멍때리기'라는 것을 깨닫는다.

원하는 것을 찾으려고 의도하지만 나는 아직 뿌연 안개 속에 있다. 오늘 명상하다 멍때리는 '나'를 발견하고 어렸을 때 원하는 게 실현되는 경험이 없었음을 기억한다. 나이를 웬만큼 먹었는데도 어렸을 때 형성된 삶의 태도에서 벗어나지 못하고 여전히 멍때리며 사는 게 아쉽다. 한편으로는 상처 입지 않으려 멍때리고 살아야 했던 어린 시절의 내가 애처롭고, 매사에 화내는 방식의 태도로 삶을 살아가신 아버지와 그 앞에서 무기력했던 어머니의 시간이 안타깝다. 이제, 애처롭고 안타까운 기억과 시간을 용서하고 싶다.

끝없이 이유를 찾으며 화내는 아버지 앞에서 나는 기억상실증 환자처럼 멍때리기 했다. 잠이 드셔야 멈춰지는 폭언 앞에서 그 상황이 어떤 것인지 상처를 덜 받고 버티는 방법은 '멍때리기'였다. 나는 아버지가 화내는 정확한 이유를 몰랐다. 아버지의 주의가 모아지는 곳에는 폭언이 있었다.

7살 때 아버지 앞에서 밥 먹다가 "여태 젓가락질도 못하냐"는 말에 다음날부터 젓가락 하나는 약지에 얹고, 하나는 중지와 검지 사이에 끼워 움직이며 아버지의 젓가락질과 같은 모양으로 밥을 먹었다. 아버지가 밥상 뒤집으며 한 말이 아니었음에도 공포감에 휩싸였던 것 같다.

살아오면서 괜찮다고, 안전하다고 느껴지는 울타리가 없었다. 뭔가를 해야 할 때면 잘해야 한다며 몸과 마음이 긴장했다. 누군가의 인정에 늘 배가 고팠다.

결혼을 통해 아버지의 그늘을 벗어난 지 20년이 넘었으나 아직도 '멍때리기' 하고 있다니 등골이 오싹하다. 상황마다 애쓰며 산 것 같기도 하지만 멍때리며 무기력했고 편안하지 않다. 살기 위해서 터득한 멍때리며 남

눈치 보고 챙겨주는 습관은 나의 삶을 고단하게 할 때가 많다. 뭔가 하고 있어야 한다는 생각, 열심히 해야 한다는 생각은 하지만 진짜 내가 원하는 게 무엇인지 모른다. 원하는 게 무엇인지 모르면서 열심히 하고, 인정 못 받는 걸 서운하다고 했으니 모래성 쌓기의 연속이다.

세계 최고의 투자자로 불리는 워런 버핏은 삶에서 집중을 중요하게 생각해서 바쁘기만 하고 쓸모없는 일을 없애고 영원히 함께 할 사람들과 일한다는 기사를 읽었다.* 소수의 최우량주에 투자하며 간소한 사생활을 유지하고 사는 집도 60년이 넘었다는 말이 인상적이다. 돈 많은 부자라서가 아니라 삶에서 무엇이 중요하고, 원하는 게 무엇인지 알아차리며 사는 게 참 부럽다.

내가 배워야 할 삶의 태도는 무엇일까? 화내는 아버지의 모습이 불편해서 나는 다르게 살려고 했다. 화나는 일이 있을 때 내 잘못은 없는지 살펴본다. 혹은 화가 난 나를 알아차리고 원인이 무엇인지 들여다본다. 명상할 때 생각들이 일어나고 사라지기를 반복하지만 알아차리고 호흡에 주의를 모으듯이 내가 지금 발붙이고 살아 있는 순간을 온전히 알아차리려고 한다. 되도록 좋은 것을 선택하려고 한다.

이제 멍때리지 않아도 내가 안전하다는 것을 안다. 머

2부 힘을 빼고 용서해

리로 이해했지만 몸이 익숙해지려면 집중이 필요하다. 워런 버핏처럼 평생 함께할 사람들과 시간을 나누고 집중하며 사는 게 중요한 가치라는 생각이 든다. 나는 그 가치를 머리로는 이해해도 몸이 익숙하지 않으니 자꾸 연습해야 한다. 멍때리면서 견뎌낸 시간들이 어두운 터널이었다면 이제 안심하고 주변의 아름다운 풍경도 보면서 걷고 싶다.

하얀색 머리카락이 점점 늘어가는 지금 '내가 멍때리고 있구나' 알아차리고 '새로운 나'로 사는 연습을 하는 것은 축복일지도 모른다. 나의 인생이 아름다워지는 기회다.

죽음의 순간에 좋은 기억이 떠오를 수 있기를 바란다. 좋은 기억은 학벌이나 돈이 아니라 감사하고 충만한 마음 같다. 지금 나에게 좋은 경험시켜주다 보면 원하는 게 무엇인지도 알게 되지 않을까 싶다. 어린 시절 살려고 배웠던 멍때리는 습관을 정지시키고 새로운 삶의 스위치를 켤 수 있다. 나는 힘을 빼고 행복을 배우고 있다.

*Daniel Lee, '워런 버핏이 지금의 자리에 오를 수 있었던 6가지 전략', 《코인프레스》, 2019.2.8.

습관에 대하여

다리 통증과 어지럼증으로 서 있기 어렵다. 못 걸을까 봐 두려운 마음을 인정하고 일상을 챙기려고 노력한다. 나의 습관을 돌아보고 일상 챙기기를 더 세심히 하려고 한다.

하루에 45분 이상 명상하고, 나에게 좋은 것을 소개하려 유튜브로 노래와 강의를 찾아 듣는다. 그러다 내 몸과 마음을 챙기려 아침에 일어나고 식사하는 시간을 정했다. 아침 7시에 일어나 커튼을 열고 햇살 받으며 하루를 맞이한다. 식사 시간도 아침 7시 30분, 점심 12시 30분, 저녁 7시 30분으로 정하고 지키기 시작했다.

별거 아닌 것 같아도 일정한 시간에 일어나서 햇살 샤워하고 밥 먹는 행위가 나의 일상이 괜찮은 느낌이 들게 했다. 하지만 한 달쯤 지나면서 자꾸 예전의 습관이 발목을 잡는다. 아침에 눈 뜨면 '그냥 누워서 명상하자'며 침대에 누워 있다가 잠이 든다. 그런 날은 아침 식사 시간도 놓친다. '일어나야지' 다짐하면 이거 해서 뭐하나, 하루 안 한다고 죽는 것도 아니고 나는 지금 몸이 힘드니까 '자도 된다'며 회피한다.

'그래도 괜찮아, 완벽하지 않지만 하려고 하는 게 중요하다.'고 위로하다가도 나에게 모질게 구는 습관이 '그럼 그렇지. 언제 네가 뭐 하나 제대로 한 적 있니?' 하며 화를 낸다. 일어날 시간 10분 지나고, 식사 시간 30분 지난 것을 알아차리고 그냥 행동하면 되는데 '안 했다, 못했다'에 초점을 둔다. 자책하다가 '그럼 그렇지, 네가 뭘 하겠어!' 하며 다 포기해버리는 어리석은 행동을 또 반복할까 봐 두렵다.

걷지 못할까 봐 두렵다. 열 살에 다리 마비로 한 달 동안 걷지 못한 적도 있고, 마흔 살에 골반뼈에 생긴 혹 때문에 수술하고 4개월 동안 제대로 못 걸었다. 몇 시간 혹은 며칠씩 못 걷던 기억도 있다. 내가 두려움을 회피했을 뿐이지 오래전부터 또 이런 일이 생길까 봐 염려했다는 것을 알아차렸다. 예를 들면 운동화 신는 게 제일 편하지만 예쁜 신발을 신고 싶어 했다. 다리 수술하고 6년 만에 3센티미터의 통굽 신발을 샀을 때 좋았다. 어쩌다 구두를 신으면 예쁘게 느껴졌다. 예쁜 치마를 입고 두 다리로 지탱하고 서 있는 게 좋았다. 내가 걷지 못하면 예쁜 신발이나 치마가 소용없다는 생각을 무의식 속에서 했던 것 같다. 그럴 일은 없으리라 여기면서도 속 깊은 곳에 두려움이 있었고, 의식하지 못하면서도 그런 선택을 했다.

두려움이 많아서 도망치거나 이유도 모르는 채 예쁘고 좋은 것에 집착하던 나를 용서하고 사는 법을 배우고 있다. 어려서부터 순간순간마다 겪으며 받아들이고, 어려운 일 있어도 뚜벅뚜벅 걸었으면 좀 더 근사한 사람이 되었겠지만, 나는 늘 무서워했고, 원하는 게 무엇인지 몰랐고, 어려운 상황에 놓일 때마다 도망갈 구멍 찾기에 급급했다. 밥 먹을 때 밥 먹는 걸 알아차리면 되는데 밥 먹으며 어제 속상했던 일을 생각했다. 사는 법이라는 게 밥 먹을 때는 밥을 먹고 걸을 때는 걸으면 되는 일상 챙기기다. 그런 하루하루가 모여서 내 삶이 된다. 지금 해야 할 일이나 감정에서 도망치려 잡념에 빠지지 말고 겪으면 되는 거였다.

일정한 시간에 일어나고 식사 시간을 지키는 것은 내 몸과 마음을 챙겨주고 삶과 마주하는 힘을 준다. 하루 45분이라는 시간을 의도를 내서 명상하듯이 일어나고 밥 먹는 것에도 주의를 기울여 하루를 챙기고 한 달, 1

2부 힘을 빼고 용서해

년, 3년이 되다 보면 내 삶의 태도가 좋은 습관들로 물들어 있을지도 모른다. 나는 지금 새로운 습관을 만드는 중이다.

몸아, 지금 괜찮니?

일상 속에서 엇박자가 나는 몸과 마음을 만나고 있다. 마음이 좋아하는 일을 몸이 감당하기 어렵다고 한다. 몸의 소리를 무시하고 해야 한다는 생각들로 채우고 긴장한 채 살던 태도를 용서한다. 일상에서 내 몸과 마음을 마주하며 사는 것을 배우고 있다. 아슬아슬하게 내 몸을 쓰다듬고 있다.

대화하면서 고개를 자주 끄덕이거나 상대방과 눈을 마주하느라 쳐다보면 기운이 쭉 빠진다. 대화 내용이 편안하지 못해서가 아니라 내 사소한 행동을 통해서도 기운이 소진된다.

책을 함께 읽고 자신의 경험을 나누는 독서 모임을 했다. 좋아서 하는 모임이라 편안한데 사람들과 눈을 마주치고 말하려니 시선을 옮기게 되고 고개를 끄덕였다. 한 사람 한 사람 쳐다보고 고개 끄덕이다 숨쉬기가 힘들고 기운이 달렸다. 너무 지쳐서 중간에 화장실 가서 심호흡을 여러 차례 하고 나왔지만, 대화를 시작하자 곧바로 호흡이 불안정해지면서 에너지가 달리는 느낌이다. 좋은 말과 경험으로 채우는 시간인데 누군가의 말을 들으며 고개를 끄덕이고 눈을 맞추며 말하는 것이 버겁다. 내 몸이 사용할 수 있는 에너지가 콩알처럼 작은가 보다.

모임이 끝나고 집에 오는데 정오의 햇볕이 따갑고 숨이 찼다. 짭짤하게 김치를 먹으면 기운이 났던 경험이 있어서 집에 돌아와 파김치를 먹었다. 밥과 김치를 먹으며 숨이 차서 연거푸 한숨을 내쉬었다. 머리가 띵하고 몸을 가누기 힘들어서 식탁에 엎어져 있기도 했다. 물을 마시기도 하고 포도를 입에 넣고 천천히 씹으며 호흡이 편안해지기를 바랐지만 진정되지 않았다.

오후 내내 가쁜 숨을 내쉬며 살기 위해 필사적으로 호흡을 조절하는 느낌이다. 배가 꾸르륵거리고 장이 통증 느끼며 움직이는 것은 눈 때문에 안과에서 처방해준 알러지약을 5일 동안 먹어서인 것 같다. 그 약을 밤에 잘 때 한 번씩 먹었는데 아침에 몸이 처지고 잠이 잘 깨지지 않았다. 약 먹는 며칠 동안 눈이 덜 가려워서 좋았지

만, 몸 안으로 들어온 알러지약을 감당하기는 힘들었나
보다.

내 몸이 사용 가능한 에너지가 얼마나 되는지 물어본
적이 없다. 결혼해서 집안일 하거나 아이 낳아 돌볼 때
도 그랬다. 재료 손질하고 음식을 만들다 보면 몸이 지
쳐서 맛있게 먹을 힘이 없다. 그래서 부엌일을 한 번에
하지 못하고 조금씩 나눠서 한다. 대화할 수 있는 에너
지도 작다. 사람들 눈을 마주 보고 고개 끄덕이는 행위
에도 어지럽고 숨차다. 말하면서 속 깊이 공감하는 것을
좋아하고 그럴 수 있는 사람들과 함께 살아가고 싶은데
말을 하다 보면 쉽게 기운 달리고 몸이 버거워한다.

내 역할에 따라 뭔가 하는 게 아니라 내 몸의 상태에
맞춰 움직이는 걸 배우는 과정이라는 생각이 든다. 나는
아직도 남들이 나에게 말하기 전에 벌떡 일어나서 할 일
을 찾으려 하는 습관이 있고, 상대방의 말에 귀 기울이
고 공감함으로써 나도 따뜻한 공감을 받고 싶어 한다.
마음이 급해지면 걸음이 빨라진다. 몸의 엇박자를 조율
하기 위해서 수시로 나에게 물어볼 필요가 있다.

"몸아, 지금 괜찮니?"
"몸아, 이 속도로 움직여도 되겠니?"

어머니와 좋은 시간으로 물들이기

어머니와 온전히 함께 있었다는 기억이 없다. 내가 결혼하기 전에 세 번 떨어져 살았고 기간을 다 합하면 3년이 채 되지 않는데 이상하게도 어머니와 함께 산 것 같지가 않다.

"어째서 어머니와 함께 산 느낌이 아닐까?"

초등학교 3학년 때부터 집에서 멀리 있는 병원에 혼자 다니게 하고, 6학년 때는 언니가 자취하는 도시로 전학을 보내서일까? 그때 나는 싫다는 말을 하지 않았고, 해야 하는 줄만 알았다. 혼자 병원 다니면서 길을 잃어버려서 무서웠던 적이 많았으나 말하지 못했다. 언니와 자취할 때 많이 울었는데 왜 우는지 몰랐다. 낯선 동네에서 언니가 집에 돌아오기만 기다리며 쓸쓸했다. 언제든 찾아가 기댈 수 있는 어머니의 기억이 없어서 함께 살았다는 느낌이 안 드나 보다.

여든둘의 어머니가 노인보호기관의 쉼터에서 나와 혼자만의 낯선 거처에서 지내고 있다. 내가 우리 집에 일주일 동안 와서 계시라고 제안했다. 막상 날짜가 다가오자 어머니의 기죽은 태도와 내 말에 귀 기울이지 않는 모습에 상처 입을까 봐 겁났다. 내가 어머니더러 사위 앞에서 당당하게 앉아서 식사하라며 잔소리해서 상처를 드릴까 봐 두려웠다.

"어머니와 좋은 시간으로 물들여야지."

나는 어머니가 오시기 전에 이 마음으로 채웠다. 그리고 함께 있는 날에도 기억했다.

얼마 전부터 배우기 시작한 알토 리코더로 동요를 연주하며 어머니가 아는 노래는 부르라고 권했다. 처음에는 듣기만 하시더니 하루하루 지나며 노래도 불렀다. 그리고 어머니가 어렸을 적에 했던 율동을 보여주셨다. 하급생들에게 가르쳐주기도 했단다. 동작이 자신 있어 보였다. 해맑게 웃으며 동작하는 어머니가 참 예뻤다. 율동하는 어머니의 태도는 열 살 안팎의 예쁜 소녀로 보였다. 살짝 동영상 찍어서 어머니랑 함께 보며 한참을 웃었다.

아침 식사는 우리 가족이 먹는 대로 빵이나 떡과 함께 과일을 드리고 점심에는 산책 삼아 근처 식당에 가서 사 먹기도 하고 커피를 마시러 가기도 했다. 조금만 걸어도 숨이 차고 몸이 흔들리는 어머니가 찡하게 다가왔다. 산책로에서 쑥국 끓여 먹으면 맛있겠다고 했더니 길가에 수북하게 자란 쑥을 손으로 꺾어 한주먹 안겨 주셨다. 나도 했는데 어머니의 속도가 훨씬 빨랐다. 몸에 기력이 별로 없으면서도 평생 일하며 지낸 어머니의 손가락이 일머리를 기억하나 싶었다.

어머니가 집안 행사 있을 때마다 맛있게 하던 갈비찜을 해달라고 했더니 기억나지 않아서 못 한다고 하셨다. 막상 고기를 사다 주니까 핏물 빼고 손질해서 간도 정확히 맞춰 맛있는 갈비찜을 해주셨다. 식구들이 친정어머니의 갈비찜에 엄지손가락을 올렸다.

내가 요리를 해드리면 자기는 시골 노인네라 이런 거 처음 본다며 신기해하고 잘 먹어주셔서 감사했다.

어머니와 지내는 동안 책을 드렸더니 생각보다 더 잘 읽으셨다. 덕분에 나의 독서 시간도 확보했고 명상도 했다. 평소에는 텔레비전을 켜는 일이 드물지만 매일 저녁 드라마 하는 시간에 함께 앉아서 보았다. 어머니가 보는 드라마라서 봤다. 드라마 내용을 어머니가 설명해 줘서 좋았다. 유튜브로 가수 이미자 님의 공연 장면을 보기도 했다. 나는 잘 모르는 노래지만 어머니는 꽤 잘 따라 부르셨다.

어머니와 함께 있는 일주일 동안 좋은 기억과 추억으로 채워진 느낌이다. 좀 더 가까워진 것 같고 함께 있으면서 서로를 토닥거린 느낌이다. 따스하다. 어머니와 좋은 기억을 만든 것 같아 기쁘다.

세상 모든 것이 나의 스승

우주의 어떤 힘이 나를 깨우기 위해 부단히 노력한다
는 생각이 든다. 이번 생에서 내가 배우고 익히고 변해
야 해서 몸의 통증을 만나고, 부대끼는 사람도 만나고,
감사한 사람을 만나며 경험을 쌓고 있나 보다. 세상 모
든 것이 나의 스승이다.

살면서 만난 중요한 사람과의 관계에서 내가 상처 입
고 아플 때가 많다고 생각했다. 몸의 통증이 한계치를
넘어가면서 가르쳐준 것은 그들이 내가 살아갈 방향을
잡고 변화하는 데 도움을 줬다는 거다. 나를 변화시키느
라 애쓴 스승들을 불편해해서 미안하고, 긴장했던 모든
순간을 용서한다.

'나'라는 존재가 얼마나 무기력한지 보여주고 아무도

도와주지 않는다는 두려움에 빠지게 한 사람도 있고, '내'가 얼마나 사랑받기를 원하는지 깨닫게 해준 사람도 있다. 그걸 깨닫지 못했다면 사랑하고 사랑받으며 사는 소중함을 모르고 여전히 껍질 속에 있을지도 모른다. '사랑'의 대상을 찾을 수 있는 용기와 그 사랑을 가꾸려 노력할 수 있는 끈기를 가르쳤다. 지독하게 자주 아팠고 오랫동안 흔들리며 배우고 있다. 껍질 속에서 웅크리고 꼼짝 못 하는 나를 흔들어 깨우려면 그렇게 강한 충격이 필요했나 보다.

명상을 시작한 지 500일째 날이다. 얼마 전부터 명상과 수행이 같은 의미로 다가온다. 호흡에 주의 모으고 일상을 잘 챙기며 살려는 수행자의 태도로 지내려고 노력 중이다. 편안하고 충만한 느낌의 순간도 있고, 부대껴서 호흡이 가빠지는 때도 있다. '이만하면 괜찮다' 싶을 때 회오리바람에 흙먼지 뒤집어쓰거나, 떠밀려서 위태롭게 난간을 붙잡고 몸부림치기도 한다. 500일의 고개를 넘으며 알게 된 것은, 힘들어서 '언제 지나가나' 싶을 때도 있지만, 똑같이 반복되는 순간은 없고, 나는 계속 변하고 있다는 것이다. 어떨 때는 내가 멈춰서 꼼짝 못 하는 것 같은데 시간이 지나 뒤돌아보면 변화하고 있다. 달팽이가 언뜻 보면 멈춰 있는 것 같아도 계속 움직이듯이……

몸이 아파서 대체의학과 요가테라피를 만났다. 상처 입거나 두려움에 떠는 나를 뒤돌아보다 본격적으로 명상을 시작했을 때 내가 감당하며 살아가고 있는 세상에 대해 눈물이 났다. 부대낌과 분노 속에 슬픔이 가득하고, 그 속에는 두려움에 떨며 사랑받고 싶은 내가 있었다. 두려움으로 가득 채워진 '나'라는 방은 눈물로 위로받고, 눈물로 살아갈 힘을 내는 공간이었다.

수행자의 태도로 일상을 챙기며 '일상은 힘이 세다'는 것을 알아가는 요즘이다. 500일의 고개에 서 있지만 '내가 안전하다'는 의식을 놓칠 때도 있다. 그럼 알아차리고, 호흡에 주의 모으며 내가 챙기려는 일상으로 돌아간다. 일정한 시간에 일어나서 일정한 시간에 식사하는 행위만으로도 내 일상에 힘이 생기는 것을 느낀다.

한동안 나 혼자서 하는 일상으로 지내다가 인문학공동체에서 공부하고 있다. 동의보감이나 명리학, 주역, 불교를 통해 관계에 대해 더 깊이 배우고 있다. 관계는 내가 나와 맺고 펼치기도 하고, 나와 타인, 나와 타인과 세상이 함께 나눌 때도 있다. 이 세상의 모든 것이 사라지고, 아주 어두운 공간에 혼자 숨 쉬는 감각만 있을 때, 무엇이 떠오를까 생각해 보니, 정말 숨 쉬는 감각 외에 아무것도 없을 것 같다. 내가 내려놓지 못하고 들고 있던 물항아리의 무게도 사라지고, 그것을 들 수밖에 없는 상태로 만들던 대상도 없으니 '나'라고 말할 그 무엇도 없을 것 같다. '관계'가 없으면 '나'도 없다는 생각이 든다.

명상 500일을 기념해서 명상 가르쳐 주신 선생님과 만나서 식사를 했다. 매일 명상의 시간을 갖는 의미를 나누다 보니 마음이 충만했다. 나 혼자 날짜를 기억하기보다 누군가 함께 기뻐해 주고 경험을 나누어 주니 더 좋았다. 수행자로서 바른 언어와 태도의 중요성에 대해 나눈 대화는 나보다 앞서서 명상을 시작한 분에게 듣는 귀중한 가르침이다. 관계 속에서 내가 터득할 시점이 되면 자연스럽게 귀에 스며들어오는 무엇이 있나 보다. 세상에 태어나면 관계를 맺으면서 살 수밖에 없는 구조인가 싶기도 하다.

명상을 시작하고 불편했던 관계를 눈물로 닦으면서 세상과 내가 연결되어 있음을 느낀다. 조심스럽기도 하고 조금 설레기도 하면서 한 발씩 걷는다. 지금 당장 내 눈에 보이지 않는 관계와도 연결되어 있으니 바른 태도와 바른 언어로 일상을 잘 챙기려고 한다. 어떤 스승을 만나든지 잘 마주하고 싶다.

사주명리를 공부하며

요즘 사주명리 공부를 한다. 오늘은 합 · 충 · 살과 용신에 대해 공부했다. 일간을 기준으로 관계인 '육친'과 관계 맺는 방식인 '십신', 그리고 타고나지 않은 기운을 배우는 '용신'을 알게 되자 내 사주가 좋지도 나쁘지도 않다는 것을 이해하게 되었다.

오늘 공부공동체에서 함께 공부하는 사람들과 서로의 사주를 보며 삶 속에 어떻게 녹았는지 말하다가 나에 대해서도 드러냈는데 마음이 착잡하다. 나를 드러내고 마음이 착잡해지고 편안하지 않은 이유가 순환이 잘 안 되기 때문인 것 같다. 사람마다 살아가는 방식이 다르고 관계 맺는 방법도 다르다. 질척한 사적 대화보다는 정보 전달을 좋아하는 사람도 있는 반면에 나는 외로움을 많이 타서 사적인 대화가 깊어지고 가까워지기를 원한다. 하지만 사적인 대화가 깊어질 때 '나'를 단속한다. 관계 맺기를 원하면서도 도망치려고 한다.

나의 사주는 식상食傷이 발달하고 관성官星이 없어서 인지 표현하는 것과 비교해서 관계를 맺고 소통하는 데 미숙하다. '십신'인 비겁比劫, 식상, 재성財星, 관성, 인성 印星이 순환되어야 하는데 마무리와 관련된 재성은 약하고 관계 맺는 관성은 비어 있다. 이빨로 비유한다면 앞니, 송곳니, 어금니 모두 있어야 보기도 좋고 실생활에서도 편안할 텐데 나의 관계 맺는 방식인 '십신'은 부족하거나 빠져 있기도 하고 넘치는 부분도 있다. 이가 몇개 빠져 있는 꼴이라 균형이 맞지 않는다.

성찰하는 인성이 표현하려는 식상을 극하기 때문에 나를 드러내거나 시작하는 것에 대해 불편을 느끼나 싶다. 관성이 없어서인지 관계 맺거나 조직으로 연결하는 것은 낯설고 불편하다. 하지만 나에게 꼭 필요한 기운이라 순환하려면 어려워도 그 단계를 거쳐야 한다. 그 일환으로 기운 없고 쉽게 지치지만 공부공동체 수업에 12주를 개근하고 있다. 일주일에 한 번씩 수업에 참여하는 것 자체가 도전이고, 몸이 피곤해서 속이 울렁거리고, 버스 안에서는 엉치뼈가 눌리고 종아리에 쥐 나기도 하지만, 호흡을 가다듬고 시작한 공부를 하고 있다. 공부공동체에서 시작한 공부를 마무리하려고 애쓰는 태도가 나의 순환에 도움이 되리라 기대한다. 마음을 모으니 수업에 참여할 수 있는 틈을 내어주는 몸이 감사하다.

인생이 술술 풀리는 행운을 별로 경험하지 못해서 태어나 처음 호흡할 때 나의 몸에 새겨진 여덟 글자가 이롭지 않다고 생각했었다. 사주명리를 공부하며 '이래서 내가 힘들었구나' 하는 자기연민의 감정에 빠지기도 했다. 나에게 필요한 글자를 타고난 사람이 부럽다는 생각도 들고, 타고나지 못한 나는 별 볼 일 없어 보였다. 그런데 함께 공부하는 사람들의 말을 들어보니 나에게 필요한 글자를 타고나도 힘들다고 한다. 각자 타고난 여덟 글자가 순환하지 못해서 부대끼는 상황이 많단다. 강한 기운을 타고나면 강한 대로 힘들고, 약한 기운을 타고나면 약한 대로 힘드니 무슨 조화인가 싶다. 그저 내 욕망의 방향이 어디인지를 알아차리고 바른 삶의 태도와 방향으로 가기 위해서 수행자의 태도로 나에게 없는 기운을 배워야 하나 보다. 그래서 누구나 용신하며 순환해야 하나 보다.

머리로 이해한 걸 체득해서 매끄럽게 되려면 다지는 시간이 필요하다. 오늘처럼 나를 표현하고 또 씁쓸할 수도 있다. 때로는 화가 나거나 도망치고 싶을 수도 있다. 내 삶을 순환시키려면 시작한 일을 마무리하거나 주변과 관계 맺기가 불편하더라도 피하지 말고 묵묵히 실행하는 자세가 필요하다. 순환을 위해 나에게 없는 것을 챙겨주는 마음이 필요하다.

살면서 답답하고 힘들 때가 있다. 죽는 순간까지 불편해하고 있을지 연습하며 순환할지 내가 선택할 수 있다. 언제 죽을지 모르지만 살아있는 날 동안 좋은 순간으로 물들고 싶다. 사주로 봤을 때 나에게 없거나 넘치는 기운의 영향으로 삐걱거린다면 지금 의도적으로 그 부분을 순환하면 조금이라도 나아질 거다.

사주명리를 배우면서 내 삶의 방향 하나를 잡은 것 같아서 좋다. 공부공동체에서 몇 달 공부하거나 책 몇 권으로 다 알 수 있는 영역이 아니지만, 몸도 마음도 인생도 순환이 중요하다. 루쉰은 인생에서 갈림길을 만나면 그저 갈 수 있을 것같아 보이는 길을 가라고, 원래 길이란 없었다고, 걸어가니 길이 되었다고 했단다.* 사람마다 태어나면 여덟 개의 글자를 새기고 있다. 당연히 삶의 태도와 방향도 다르다. 길이 다르고 배워야 할 영역이 다르고 순환 방법이 다르다.

사주명리를 통해 욕망하면서도 도망치거나, 채워지지 않는 허기를 느끼는 부분에 대해 '그렇구나' 싶다. 너그러운 마음이 들고 용서된다. 그러면 안 되는 게 아니라 내가 타고난 여덟 개의 글자가 좌충우돌할 뿐이다. 그 글자들의 성질을 헤아려 보고, 십신을 통해 또 다른 관계들이 펼쳐지는 것을 살펴보며, 나의 타고난 글자의 기운이 나쁘지 않다는 것을 온전히 이해한다. 허니, 이제 누구에게도 내 사주가 별 볼 일 없다고 말하지 않으리라. 앞으로도 좌충우돌하겠지만 바른 태도로 타고 나지 않은 기운을 배우고 있음을 기억하리라. 나의 길이 어디로 가고 있는지, 어떤 길인지 깨어서 지켜보자!

*채운, 『철학을 담은 그림』, 청림출판, 2018년.

우울과 마주하기

비 내리는 날 창문틀 청소를 했다. 방충망에 분무기로 물을 뿌려서 먼지도 씻었다. 부엌 창문 난간에 물을 뿌려서 뿌옇게 쌓인 흙먼지를 닦아냈다. 창문 유리의 얼룩도 닦고 싶지만 도구도 없고 힘에 부쳐서 청소를 멈췄다. 최근에 내 몸 상태가 지나치게 기운 없어서 딸에게 집안일 맡기다가 오랜만에 창문틀에 쌓인 먼지도 닦고 현관 바닥도 닦자 딸은 걱정스러운 얼굴로 무리하지 말라고 했다.

아침에 잠 깨서 울적한 기분의 나를 마주했다. 꿈에 아버지도 보이고 장례를 치르는 가족도 있었다. 검정 상복을 입은 나도 있었다. 어머니가 음식을 입에 많이 넣어서 말해줬더니 뱉어내는데 엄청난 음식이 나왔다. 오빠가 장례식장 직원과 어떤 서류 발급을 두고 다투는 장면도 있었다. 꿈이 나를 우울의 감정에 빠지게 한 것일까? 그렇게 말하기에는 어제나 그제도 오늘의 감정과 별반 다르지 않다. 특별한 일이 있어서가 아니라 습관적으로 우울을 붙잡고 있는 것 같다. 우울로부터 도망치려고 애쓰지만 내 몸에 붙어서 떨어지지 않는 느낌이다.

긴장하지 말고 힘을 뺀 채 우울을 관찰해야겠다. 버거운 대상과 마주하기 전에 용기를 내느라 청소를 한 것 같다. 먼지를 닦으며 쓸데없는 잡념을 떨쳐내고 대상에 집중하는 발심을 내라고 어떤 힘이 나를 밀어준 느낌이다. 창문틀을 청소하고 기운은 달리지만, 마음은 개운하다.

"아침에 깨자마자 왜 우울할까? 어쩌다 습관이 되었을까? 나는 이 우울을 어떻게 다뤄야 할까?"

명상을 시작하고 우울감에 휘둘리지 않으려고 한동안 '우울'이라는 말을 금기하는 계율을 실천했다. 말을 하지 않으니까 나아진 느낌이었다. 그런데 오늘 내가 그 감정을 회피하고 있을 뿐임을 알게 되었다.
'우울'이라는 단어를 사전 검색해보니 '근심스럽거나 답답하여 활기가 없음, 반성과 공상이 따르는 가벼운 슬픔'이라고 정의했다. 나는 안정되지 않아서 불안하거나 두렵고 슬플 때 우울하다고 여긴다.

암울했던 어린 시절에 형성된 습관이라면 결혼하고 20여 년이 지났고 몸의 통증들을 통해 매 순간 내가 선택할 수 있음을 배우는데도 수시로 우울감에 빠지다니 이상하다. 아무리 어려운 시기가 있었다 하더라도 상황이 안정되었으면 감정도 편안해져야 하지 않나? 더군다나 몸의 통증을 통해서 내가 지금 무엇을 선택할지 결정하는 사람이 되었으면 우울과 불안에 대해 이제 자유로워야 하지 않나?

불편한 감정과 마주하기 힘들어서 직장에 매달린 적도 있고 뭔가를 배우러 다니며 회피하기도 했다. 나를 바쁜 생활 속에 밀어 넣으면 불편한 감정에서 도망치기가 수월했다. 체력이 받쳐줬다면 사람들과 만나서 이야기 나누는 시간으로 가득 채우며 지냈을 거다. 하지만 대화하기를 좋아하면서도 쉽게 지쳐서 자중해야 한다. 대화 나눈 시간보다 더 길게 호흡에 집중하며 몸을 살펴줘야 괴로운 상태를 막을 수 있다. 어쩌면 한눈팔지 말고 내 속의 외면했던 문제들과 만나서 배우라고 몸이 아프기로 했는지도 모른다. 하지만 그 과정은 부대끼고 불편하다. 이해하기 어렵고 해소되지 않는 감정들은 우울감으로 연결된다. 끝이 날 것 같지 않은 두려움, 좋아질 것 같지 않은 느낌이 습관적으로 우울하다는 생각이 들게 한다.

나는 여전히 벗어나고 싶은 바람을 지니고 있다. 확 부딪쳐서 겪기보다 할 수만 있다면 도망치려고 한다. 그 마음들이 습관화되어 있어서 아침에 깨자마자 우울했나 보다. 어쩌면 의식에서는 겪겠다고 다짐하지만 무의식에서는 결심을 따라가지 못해서 헤매는지도 모른다. 내가 살아온 날 중에 겪겠다며 묵묵히 서 있기보다는 겁에 질려 도망칠 구석을 찾느라 산란했던 때가 많으니 습관적으로 우울한 건 당연한 결과일 수도 있다.

우울하다는 느낌이 들 때 알아차리고 '그렇구나' 하며 토닥여주는 시간으로 물들여야겠다. 연습하고 또 연습하며 우울의 감정을 지켜봐야겠다. 지켜보고 연습하다 보면 우울했던 모든 순간을 용서했다는 것을 알아차리는 순간도 오겠지.

남편의 생일에 쓰는 편지

생일을 축하합니다.

습관적으로 '신랑'이라 말하지만 언젠가부터 '남편'이라는 단어가 자리 잡고 있습니다. 세상에서 '내 편'이 되어주기를 원하는데 '남의 편'인 것 같아 서운할 때가 있습니다.

나의 40대는 많은 것들을 배우는 중입니다. 통증을 통해 몸과 대면하고, 가족이지만 시댁이나 친정과 독립하여 내 생활을 꾸려나가야 하고, 딸 혼자만의 분리가 아니라 엄마로서도 독립해야 하고, 가깝지만 가장 먼 존재가 될 수도 있고 새로운 삶을 살아가는 원동력이 될 수도 있는 남편과 부부라는 관계 맺기를 배우고 있습니다.

우리는 각자 인정받고 싶어 합니다. 당신의 인정받고 싶음에는 무조건적 사랑이 포함되어 있습니다. 미세한 움직임도 내가 알아차려 주고 칭찬해주고 챙겨주기를 바라는 욕심을 가지고 있습니다. 나도 인정받고 배려받으며 당신의 어깨에 기대고 싶어 합니다. 당신이 '내 편'이기를 몹시 바랐으나 쉽게 어깨를 내어주지 않는 당신에게 서운했습니다.

아파서 무기력해지는 것인지 헷갈리지만 저는 요즘 아내, 엄마 등의 역할이 편안하지 않습니다. 역할이 강요되는 느낌이 들어 화가 날 때도 있고 그 역할을 내가 선택했다는 자괴감이 들기도 합니다. 더 이상 역할에 얽매이지 말자고 다짐하지만 '해야 한다'는 습관에 따라 움직이다가 넘어지는 경우가 많습니다. 가정을 꾸린 책임과 역할을 어떻게 구분해야 할지 헷갈립니다. 어디까지가 책임이고 어느 것이 역할일까요? 책임이라고 받아들이고 하다 보면 당연히 해야 하는 역할처럼 받아들이는 가족들 앞에서 서운했습니다. 서로에게 도움 되는 부분이 있다는 것에 의도적으로 감사하고, 이번 생에서 배워야 할 부분이 있어서 만난 가족이라며 토닥거리지만, 때때로 밀려오는 막막함을 어찌할 수가 없습니다.

결혼하면서 나도 모르게 품었던 다정하고, 배려하고, 따뜻한 부부의 상이 있었습니다. 당신과 함께 대화 나누고, 함께 거닐고, 함께 여행하는 것이 좋은 부부라고 여겼습니다. 지금은 그것이 허상이고 망상인 줄 압니다. 그 안에 서로에 대한 인정과 존중을 어떻게 해야 하는지 몰랐기 때문입니다. 서로에게 '내 편'이 되어주는 게 뭔지 모르고 겉모습에만 치중하며 애쓰고 살았다는 생각이 듭니다. 애쓰다 지쳤다는 것을 알아차리고 내려놓고 있는데 이 과정에서 점점 말수가 줄어들고 있습니다. 당신에게는 이런 나의 변화가 불안한 모양입니다. 나에게 한 마디 꺼냈다가 피하는 것을 보면요.

당신의 생일날 쓰는 편지가 무거워서 미안합니다. 사랑한다는 달콤한 한 마디로 생일 축하 메시지를 끝내기에는 우리가 요즘 무거워요. 우리 서로 도망치지 말고 정면으로 이 무거움을 마주해야 제대로 배울 수 있으리라 생각됩니다. 함께 걷기로 한 우리의 나날이 마냥 꿈같을 수는 없겠지만 현실에 발 디디고 서로의 등을 토닥일 수 있으면 좋겠습니다.

우리 세대의 평균 사망 나이가 백 살을 넘길 거라는데 앞으로 어떤 모습으로 살아갈지 모르겠습니다. 바라기는 나와 당신이 각자의 존재로서 평안하기를 바랍니다. 한쪽으로 무게 중심이 기울어서 괴롭지 않기를 바랍니다.

내가 호흡하듯 일상을 챙기다 최근의 몸 상태처럼 밥을 할 수도 없을 만큼 아프면 막막합니다. 아픈 나에게 확 다가와 챙겨주지도 않으면서 주변을 빙빙 돌고 있는 당신의 태도가 불편합니다. 부부로서 위태롭게 느껴집니다. 그런 당신에게 내가 지쳤다고, 우리가 앞으로 잘 살아가려면 각자의 노력이 필요하다고 여러 차례 말했습니다. 지금 우리의 상태를 알아차리고 방향을 잡으면 좋겠습니다.

이 편지를 쓰는 이유가 지쳐있는 내가 우리 가족의 중심으로 방향을 잡기가 어려우니, 이제 당신이 나서주기를 바라는 마음이 있습니다. 내가 기대려고 할 때마다 외면하는 당신의 태도 때문에 힘들었는데 또 기대려고 해서 미안합니다.

사랑으로 흥분했던 젊은 시절이 지나고 중년을 살고 있습니다. 넉넉하게 품는 사랑의 문턱에 있습니다. 이 문턱을 넘어갈지 외면할지는 우리의 선택입니다. 서로에게 '남의 편'으로 괴로웠던 순간들을 용서하고 마냥 좋을 수만은 없는 인생살이에서 '내 편'인 한 사람으로 살면 좋겠습니다. 당신과 내가 서로에게 그런 '한 사람' 이기를 바랍니다.

세상에 일방적인 것은 없고 당신과 나도 눈에 보이지 않아도 끈으로 연결되어 있음을 압니다. 우리가 아름답게 연결되어 있으면 좋겠습니다. 서로를 아껴주고 배려하면 좋겠습니다. 오늘 당신과 내가 어떤 관계로 소통할지, 어떻게 물들지 선택하고 함께 책임지면 좋겠습니다.

당신의 생일을 축하합니다. 나는 당신의 생일을 기뻐하기로 선택합니다. 당신과 눈 마주하고 미소 짓기로 합니다.

스무 살 넘은 딸과 독립하기

　나는 해야 할 일, 챙겨야 할 일을 미리 떠올리는 경우가 많다. 딸은 내가 생각하는 속도와 다르다. 딸의 속도를 인정하고 기다리는 일이 쉽지 않아서 울기도 많이 했다. 임신하고 태어날 때부터 딸이 스무 살 넘은 지금까지 내 마음대로 할 수 없다는 것을 반복해서 배우고 있다.

　딸은 5주를 앞당겨서 임신 8개월 말에 태어났는데 뒤집기도 잘 하지 않고 물건 잡고 서는 것은 시도조차 안하다가 15개월이 지나서 그냥 걸었다. 아무렇지 않다는 듯 웃으며 햇살 비치던 거실을 걸었다. 참 예쁘고 사랑스러웠다. 딸이 걷는 모습에 감격해서 눈물이 났다. 24개월 되던 날 처음으로 엄마가 아닌 다른 사람에게 딸이

다가가서 안겼을 때도 어찌나 기특하고 기뻤는지 모른다.

다섯 살 때 또래들과 만나면 내 품에서 떨어지지 않다가 3시간쯤 지나면 친구들을 쳐다보기 시작하고 5시간쯤 지나야 조금씩 어울리기 시작했다. 한글을 가르치려고 학습지 선생님을 불렀지만 아무 효과도 없어서 여섯 살부터 내가 그림책 제목을 손가락으로 짚어주며 한글을 알려줬다. 일곱 살에 읽은 책 제목을 종이에 써서 책나무 판에 붙이면서 한글을 쓰기 시작했다. 딸이 책나무 판에 글씨를 써서 붙일 때마다 칭찬해주고 좋아하는 인형을 사주기도 했다.

딸에게 필요한 것이 내 눈에 먼저 보이는 경우가 많다. 그래서 말해주면 잔소리로 생각해서 우리 둘의 사이가 아슬아슬해지기도 한다. 어려서도 잔소리 싫어한 아이인데 스무 살 넘은 딸에게 이러쿵저러쿵해 봐야 득이 없다는 생각이 들어서 의도적으로 딸의 일상을 모르는 척하면 서운하다고 한다. 챙겨주려고 하면 잔소리로 받아들이고 모르는 척하면 서운해하니 엄마 노릇이 답답하고 어렵다.

나는 완벽한 엄마가 아니다. 권위적인 아버지와 그 앞에서 쩔쩔매며 자식들을 어떻게 보살펴야 하는지 쳐다볼 엄두도 못 내신 어머니 사이에서 자라며 내 속에 상처들이 있었다. 딸을 나와는 다른 환경에서 자라게 하려고 부단히 노력했다. 그 과정에서 완벽한 가정이라는 허상을 품고 내 몸의 모든 진이 빠질 때까지 너무 애쓰며 살아서인지 몸이 아팠다. 이제 내 상태를 알아차리고 수용하면서 수행자의 태도로 살아가고 있다. 마음이 고요한 수행자가 아니라 정신없이 오락가락하고 쉽게 흔들리는 수행자다.

딸이 나처럼 아프며 살지 않기를 바라고, 일상 챙기며 사는 게 얼마나 소중하고 힘이 있는지 알았으면 좋겠는데 아이는 아직 관심이 없다. 자기 할 일 하면서 스트레스 덜 받아도 되는데 흔들리는 것을 보면 속이 상한다. 요즘 딸이 자주 아프다고 하는 게 스스로의 몸과 마음을 챙기지 못해서라는 생각이 든다. 다른 사람 쳐다보고 지치지 말고 밖에서든 집에서든 자기에게 집중했으면 좋겠는데 자꾸 늘어져 있으려고 해서 불편하다.

가족들은 서로 배려받기만 바라고 배려하는 친절이 부족해서 아슬아슬한 부분이 있다. 사회에서도 어머니의 보살핌과 사랑을 강요하거나 아버지의 가족 부양 의무를 강요하는 부분이 있다. 자식은 집안의 활력소로 기쁨을 선사해야 한다는 틀이 주어져 있다. 하지만 이것은 집단적으로 주입된 사회적 가치지 일상에서 행하기에는 희생을 요구하는 부분이 많다. 나는 안 해도 되고 다른 가족 구성원은 그 역할을 완벽하게 해주기 바라는 비합리적 특성을 지니고 있다. 그러면서도 자기가 행동은 안 해도 마음은 있었다는 것을 알아주기 바라기 때문에 상처 입기 쉽다. 안정을 바라지만 불안의 요소를 가득 품고 있는 게 가족 같다.

가족이라는 틀에서 벗어나 '집은 공동체 구성원이 모인 곳'이라고 생각하면 훨씬 나아지지 않을까 싶다. 남에게 하듯이 집에 있는 구성원들끼리 배려하면 서운해하거나 다툴 일이 없을 것 같다. '알아서 이해해 주거나, 알아서 챙겨주기'를 바라는 마음만 내려놔도 훨씬 건강한 관계를 형성하지 않을까 싶다. 공동체 구성원이 모인 집에서 집단적 사고로 무작정 받아들인 역할에서 벗어나 한 개인으로 인정하고 각자의 역할을 하는 것이 '독립'인 것 같다.

딸에 대해 불편한 마음이 종종 올라온다. 이 부대낌이 각자의 존재를 인정하기 위해 거쳐야 하는 통과의례인지도 모르겠다. 오늘도 딸과 나의 속도가 다름을 알아차린다. 나대로 딸의 상像을 지어놓고 있는 것들이 아직도 많다는 생각이 든다. 딸이 나에 대한 상像을 지어놓고 말할 때 속상한 것처럼 딸도 그렇겠지 싶다. 내 나름대로 수행자의 태도로 딸과 더불어 살아가려고 하듯이 아이도 나름 무엇인가 있을 거다. 내 눈에 보이지 않는 것뿐이다. 우리는 이렇게 좀 부대끼기도 하면서 독립된 존재가 되어가나 보다.

딸에게 집안일을 하라고 말하고 있다. 가족이라는 공동체에서 딸도 함께 밥상 차리고 청소기와 세탁기를 돌려야 한다고 생각한다. 말을 해야 딸은 움직인다. 그 모습에 화나서 한마디 할 때도 있지만 감정을 전환하고 내가 요청한 집안일을 해낸 딸의 태도에 초점을 두려고 한다. 함께 살아가는 '집'이라는 공간을 잘 꾸려가기 위해서는 구성원 모두의 힘이 필요하다. 말하기 싫을 때도 있지만 공동체에서 잘 지내려면 서로 맞춰가며 배우는 과정이 필요한 것 같다.

가끔 생각도 안 했을 때 딸이 집안일을 하기도 한다. 어렸을 때 어느 날 일어나 걷고 엄마가 아닌 다른 사람에게도 다가가 안겼던 것처럼 자연스럽게 본인의 속도대로 움직이고 있다. 내가 인식하지 못했을 때 딸은 딸의 속도대로 공동체 구성원으로서의 역할을 하고 있는 거다. 내 눈에 보이는 것이 다가 아니라 관계 속에서 각자 할 수 있는 일을 하고 배려하고 배려받으며 딸과 내가 서로 독립하는 과정 중에 있다.

눈물로 녹이고 죽음에 대해 생각한다

눈물이 흐른다. 감정의 흔들림이나 눈가에 뭔가 차오르는 것을 느끼기 전에 이미 흐른다. 눈물이 나는 이유가 무엇일까? 눈물로 녹일 슬픔이 있는 것일까? 질문하고 답을 찾으려다 보니 내 삶에서 무엇인가를 마무리하고 있는 것 같다. 대상이 무엇인지 명확히 떠오르지 않지만 어렴풋이 그런 느낌이다.

나는 여태 무기력하고 겁에 질려 있었지만 원하는 것을 찾으려고 한다. 이제 평안하게 사랑하고 사랑받으며 이 세상의 아름다움과 연결되어 충만하게 살기를 원한다.

매사를 내가 선택할 수 있다는 것을 배우고 있다. 아버지가 나에게 주지 않은 사랑에 목말라서 그 아래에 머

141

물지 않고 길을 떠나 걷고 있다. 살아계신 아버지에게 사랑받고 싶은 욕구가 내 속에 있음을 인정한다. 설사 받지 못해도 할 수 없음을 받아들인다. 아버지의 태도를 그냥 바라보기로 한다. 감정 끄달리지 않도록 거리를 유지한 채로……

눈물로 녹일 일은 더 있을 거다. 지금은 예상도 되지 않는 것들이 올라와서 당황스러울 때도 있겠지만 힘을 빼고 용서하며 순간순간 잘 마주하기를 원한다.

태어나면 죽는다. 내가 죽음에 대해 얼마나 수용하는지 모르겠다. 어쩌면 나는 죽음에 대해 아무것도 모르는 사람이다. 책에서 읽거나 남들이 말하는 대로 사람이 태어나면 죽는다고 짐작만 할 뿐이다. 지금까지 살면서 할머니, 작은아버지, 시아버지, 시작은아버지, 큰이모 등의 죽음을 겪으며 그분들의 빈 자리가 허전할 때가 있지만 그럭저럭 지내고 있다. 존경하던 신영복 선생님의 죽음 뒤에 느껴지는 안타까움과 아쉬움은 그분의 책이나 육성 강의를 통해 내가 얻고 싶은 부분을 채운다. 철저하게 내 위주로 죽음이 형성한 부재를 느낀다. 내게 필요한 걸 채워주는지 도움받을 게 있는지에 따라 관계의 밀도가 짜여 있는 것 같다.

사람들이 치료하기 어려운 병에 걸려 죽음이 가깝다는 것을 알면 절망하고 분노한다는데 스스로의 몫일 뿐이다. 남겨진 자들에게 흔적은 남겠지만 오롯이 본인이 감당해야 하는 무게가 있다. 부자로 살아보겠다고 악을 써도 죽음으로 이 세상과 작별할 때 챙겨갈 것이 없다. 비싼 관을 쓰고 수의를 입어도 화장터에서 한 줌 뼛가루가 되거나 땅속에서 서서히 썩어갈 뿐이다.

나도 언젠가 죽음을 맞이할 거다. 적당히 흉하지 않은 모습으로 떠나면 좋겠다. 죽음 뒤에 뭔가 새로운 세상이 펼쳐지는지, 아무것도 없는지 모른다. 죽음의 순간 후회로 물들지 않기를 바란다.

오늘이 내 생의 마지막 날인 것처럼 눈부시게 살고 싶다. 내일도 눈부신 하루가 있을 거라며 수없이 오늘을 모르는 척하고 살았다는 생각이 들어서 안타깝다. 살면서 윤회하듯 반복하는 것들이 많아 무섭다. 이 습관이 죽음의 순간에도 붙어있을까 봐 두렵다.

지금 살아있다는 것 자체가 두렵기도 하고 다시 없을 눈부신 순간에 있다는 설렘이 느껴지기도 한다. 그래서 석 달 후 내가 죽음을 맞이한다면 어떨까 생각해 본다. 우선 지독하게 아픈 통증으로 몸부림치는 석 달이 아니기를 바란다. 이런 전제하에 3개월 후의 죽음을 맞이해 본다.

내 속의 두려움을 극복하기 위해 운전하고 싶었지만

살까 말까 망설이기만 하던 자동차를 살 거다. 오늘 당장 내 손에 쥐어질 모델을 선택할 거다. 내 자동차가 꼭 필요하지 않다는 이유로 사지 못했다. 근본적인 이유는 돈이 아까웠다. 새집을 사고, 노후도 준비해야 하고, 자식도 챙겨야 해서 우리 가족이 생활하는데 반드시 있어야 하는 물건이 아니라면 돈을 쓰지 말아야 한다고 생각했다. 그런데, 내가 3개월 후에 죽는다면 돈이 아깝다고 망설이지 않아도 괜찮다. 통장 액수에 맞춰서 자동차를 사고, 보고 싶은 사람과 만날 약속을 잡을 거다.

내 자동차를 운전해서 보고 싶은 사람을 만나러 갈 거다. 서로의 눈을 마주 보고 때로는 손을 어루만지며 감사와 사랑 속에 오롯이 존재하는 시간을 가질 거다. 때로는 불편했던 사람을 만나서 사과하고 용서하며 이 세상의 인연장을 마무리할 거다.

죽음을 앞둔 3개월은 누군가를 만나도 좋고 혼자 있는 시간에도 충만하게 존재할 거다. 해변에 앉아 파도의 들어오고 나감을 경이롭게 바라보고 철썩이는 소리에 귀 기울일 거다. 갈매기들에게 과자를 던져줘도 좋을 테고 지나가는 사람들을 바라봐도 미소가 지어질 거다. 산책로를 걷기도 하고 나무에 기대어 포근함에 감싸기도 할 거다. 바닥에 누워 나무 사이의 파란 하늘을 바라보면 웃음이 나기도 하고 눈물이 나기도 할 거다. 호흡에 주의 모으고 들숨과 날숨을 관찰하다 잠이 들기도 할 거다. 잠이 깨면 개운한 몸으로 자동차를 운전하다가 마음에 드는 곳에 멈춰서 기쁨으로 바라보고 걸으며 감사할 거다. 배고프면 음식을 먹으며 향이나 맛, 씹히는 감촉에 집중할 거다.

죽음을 앞둔 3개월 동안 해야 할 일이라거나, 이렇게 되어야 한다는 강박은 없기를 바란다. 있는 그대로, 벌어지는 대로 지켜보고, 내가 선택할 일이 있으면 좋은 것에 초점을 맞추고 싶다.

3개월의 시간이 끝나기 전에 지인들을 집으로 초대해서 필요하거나 원하는 물건이 있으면 다 내어줄 거다. 책, 그릇, 옷, 가구가 새 주인을 만나 서로에게 편안하기를 바란다. 새로 산 자동차도 내어줄 거다. 내가 죽고 나면 그 물건이 선물로 전달될 거다.

3개월의 하루는 내 죽은 몸의 자취를 정리해 줄 사람을 만날 거다. 내가 즐겨 입던 옷을 입히고 숲 향기 묻어있는 나무관에 넣어 입관식 같은 절차 없이 조용히 화장해 주기를 부탁할 거다. 죽기 전에 인사 나눈 사람들과 입관식이라는 절차로 또다시 요란을 떨 필요는 없다.

죽음의 순간은 조용히 혼자 맞이해도 좋고 지인들에게 둘러싸여 인사를 나누며 웃어도 좋으리라. 그 순간이 사랑으로 연결되어 충만하기를 바란다.

3개월 후의 죽음을 맞이해 보니 '지금'이 귀하게 느껴

진다. '지금'을 슬픔이나 원망으로 채울지, 사랑과 감사
로 물들일지에 대해 선택이 가능하다. 슬픔은 눈물로 녹
이고 사랑으로 물들고 싶다.

이별

아버지가 돌아가셨다.

라디오에서 나오는 노래를 무심코 듣다가 김광석의 '너무 아픈 사랑은 사랑이 아니었음을'과 이선희의 '그 중에 그대를 만나' 노랫말에 슬픔이 복받친다. 눈물이 나고 먹먹하다. 음식을 씹을 수가 없어서 한참을 그냥 식탁에 앉아 있다. 외국에 교환학생으로 나가 있는 딸이 밥 먹고 전화하라고 했는데 엄두가 안 난다. 딸에게 아버지의 소식을 전해야 할지 모르겠다.

문득문득 아버지가 떠오른다. 입관할 때의 모습도 떠오르고 스스로 선택한 죽음을 실행할 때의 모습도 혹하니 연상된다. 아버지 혼자 감당해야 했을 외로움의 자리가 아프다. 살아계실 때도 편안하지 못했는데 아버지 스스로 죽음을 선택함으로써 무겁고 막막하다. 뭔가 알 수 없는 수렁에 빠진 느낌이다. 딱히 원망할 대상도 없고, 누군가를 그렇게 원망하고 싶지도 않고, 나를 자책하고 싶지도 않다. 하지만 많이 슬프다.

오늘 지압을 받으러 갔을 때 나보고 지난번보다 살 빠진 것 같고 목 부위에 힘주고 있어서 머리 아플 수 있다고 했다. 무슨 일이 있냐고 꼬치꼬치 물었지만 아버지에 대해 말하지 못했다. 자꾸 눈물이 나려고 해서 참느라고 목에 힘이 들어갔다.

아버지가 떠나신 날은 조만간 찾아오는 생신을 맞아 케이크와 선물을 준비해서 1년여 만에 친정집에 갔다. 부모님 별거 후 의처증이 더 심해진 아버지를 만나기 위해서는 나에게 용기가 필요했다.

"아버지는 아버지로 존재하고, 나는 나로 존재해. 오늘 그걸 그대로 받아들일 뿐이야."

나는 아버지가 먼 길을 떠난 사실을 알기 전에 무슨 예행 연습이라도 하듯이 이 말을 속으로 반복했다. 장례를 치르고 일상에 집중하려고 노력하는 요즘 아버지와 내가 따로 존재한다는 사실을 기억하려고 한다. 모든 존재는 따로 서 있다. 문득 아버지의 죽음이 서럽게 다가

오지만 동일시하지 않으려고 애쓰고 있다. '아버지 왜 그랬어요?' 하는 질문이 떠오르면 감정을 주체할 수가 없다.

남녀가 이별할 때 '헤어지자'는 말 한마디로 끝나기도 하지만 지지부진하고 길게 이어지며 서로에게 상처를 주기도 한다. 사람이 인연을 맺고 이별을 고할 때 여러 형태를 보이듯이 죽음도 사람마다 참 다르다. 어떤 이별도 쉬운 게 없다.

아버지는 '죽겠다'는 말로 겁박했다. 그리고 스스로 세 번을 시도했다. 두 번째까지는 어찌어찌 발견해서 생명에 지장이 없었으나 세 번째에는 차가운 몸이 되셨다. 입관할 때 얼굴은 잠자는 사람으로 보였다. 험한 흔적은 입관 담당하는 사람이 잘 가려줘서 보이지 않았다. 아버지를 마지막으로 본 입관식 이미지가 떠오르며 눈물도 흐르고 속이 뭉치는 느낌이다.

잘 마주하고 풀어서 아버지와 나의 인연장을 마무리하고 싶지만 여의치가 않다. 아버지에 대한 기억이 떠오를 때 감당하기가 버거워서 정화하는 말로 숨을 쉬듯 주의를 모으고 있다.

"미안합니다 용서합니다 사랑합니다 감사합니다."*

나는 사후세계에 대해 모른다. 태어나서 어떻게 살다가 죽을지 모든 것을 본인이 계획하는지, 절대적인 존재가 상황마다 미리 준비하는지 알 수 없다. 다만, 죽음 너머에 뭔가 있을 수도 있다고 생각한다.

아버지는 가족들에게 화를 많이 냈고 그 이면에는 자신이 어쩌지 못하는 두려움을 가지고 있었던 것 같다. 아버지가 그 두려움을 마주했었는지 나는 알 수 없다. 가족에게 원망을 쏟고 화를 내며 소리치고 사셨는데 속시원했었는지 모르겠다. 겉모습은 화내지만 속은 여린 분이라고 생각했는데 맞는지 모르겠다. 내가 아버지에 대해 아는 게 별로 없다. 화내는 아버지를 피하느라 정신없었던 것 같다. 돌아가신 아버지에 대해 아는 게 없다는 생각에 가슴이 미어진다.

몇 년 전부터 내 감정을 알아차리고 받아들이며 아버지와 마주했다. 아버지로부터 파생된 깊은 불안에서 한발 떨어져서 의식적으로 나를 챙기기 시작했다. 더 이상 상처 입지 않으려고 떨어지니 괴로움으로 존재하는 아버지가 안타까웠다. 해결하고 싶은 여러 가지가 있었지만 나는 아무런 접근도 하지 못했다. 아버지에게 비집고 들어갈 틈을 발견하지 못했다. 억지로 그 틈을 찾기보다 멀리서 지켜보며 나를 챙기는 작업에 더 집중했다.

아버지는 나에게 많은 배움을 선사했다. 살아 계신 동

안에 괴로움을 죄다 끌어모아 버거운 모습이었고 돌아가셔서는 사랑의 기회는 스스로 만든다는 것을 깨닫게 하신다. 내가 누군가를 마음대로 휘두르고 집착하면 괴로움일 뿐이다. 누군가 나에게 사랑의 손길을 내미는데 받아들이지 않으면 사랑의 기운은 사라지고 만다.

수시로 아버지가 떠오른다. 괴롭다. 그럴 때 저항하지 않고 '괴로움' 인정하고 정화하기를 한다. 불편함이 느껴지는 순간마다 "미안합니다 용서합니다 사랑합니다 감사합니다" 말하며 정화한다. 밥 먹다 목구멍에 걸려도 정화하기 문구를 천천히 읊조린다. 그러면 몸의 긴장이 풀리며 음식이 넘어간다. 그러다가 또 생각의 꼬리를 물기도 하고 멍해지기도 한다. 그럴 때 내 상태를 인정하고 정화하기로 돌아간다. 배꼽 주변에 주의를 모으고 호흡하듯이 내가 돌아가는 곳은 정화하기이다. 버거운 이별 앞에서 간절하게 정화한다.

*정화하기 표현으로 책 『호오포노포노의 비밀』(판미동, 2019년)에서 작가 조 비테일과 이하레이카라 휴 렌이 "사랑합니다, 미안합니다, 용서해 주세요, 고맙습니다."로 사용한 표현.

파거의 아쉬움이 아니라 '지금'에 초점을 맞추고
'좋은 시간으로 물들이기'로 방향 잡는다
속을 들여다보니 사랑이 보인다

속을 들여다보면 사랑이

눈물과 밥

.

20년 가까이 내 몸에 기운 있다고 느껴본 적이 없다. 수시로 몸에 통증이 있고 마음도 지쳐서 눈물이 났다. 그러나 세상은 각자 살아가고 있고 내 생명도 숨을 쉬고 있어서 몸이 아프다고 계속 울고 있을지 아니면 자리를 털고 일어나 비틀거리더라도 걸어야 할지 선택해야 했다. 나에게 답은 늘 후자였고 때로는 바닥에서 기듯이 걸었다.

침술사를 만났는데 자신이 치료할 수 없다고 한다. 지금의 내 몸이 너무 기운 없어서 침을 받아들일 여력이 없단다.

병원에서 내가 아픈 원인이 무슨 병 때문이라고 명명하지는 않았지만 내 온몸의 기운이 원활하지 않다는 것을 알고 있다. 한 번에 심한 병에 걸리는 사람은 건강하기 때문에 병도 세게 들어오고 치료도 잘 된다는 침술사의 말을 이해한다. 엑스레이로 쉽게 판별된다는 폐렴도 나는 두 달 넘게 몸을 가누지 못하며 기침하고, 열이 나고, 기침할 때마다 토하는데 병원에서는 원인을 찾지 못했던 경험이 있기 때문이다. 두 번째 폐렴도 응급실에서 며칠을 지내고야 찾았다. 침술사는 내 폐가 완전히 쪼그라들었고 몸에 기가 통하지 않아 병균조차 활개를 못 쳐서 병명 잡기가 어려울 거라고 했다. 이제 내가 어떻게 하면 살 수 있을지 궁리해야 하는데 막막하다. 어느 방향으로, 어떻게 나아가야 할지 모르겠다. 내 마음이 너덜너덜하다. 몸도 마음도 고단하다.

침술사가 자기 힘으로 고칠 수 없다며 침놔주기를 거부한 사실이 서글프지만 솔직하게 얘기해 줘서 감사하다. 내 몸은 일반 수준의 십 분의 일에도 미치지 못한다며 숨이 차면 몸이 힘든 줄 알고 쉬라고 했다. 나는 거실에서 욕실에 가다가도 숨이 찬다. 침술사는 나에게 뜸을 뜨는 방법을 알려줬다. 한의학에서 말하는 수승화강水昇火降이 안 되는 몸이라서 발을 뜨겁게 뜸 떠서 얼음장인 하체에 열을 가하여 위로 올려주라고 했다. 숨찰 때 쉬고 수시로 스트레칭하며 몸을 챙겨보라고 한다. 몇 년 전부터 덥지 않을 때도 겨드랑이에만 땀이 났다. 심장은 피가 돌도록 펌프질만 하면 되는데 내 몸이 살려고 심장이 직접 일하기 때문이란다. 내가 몸의 연결고리들을 잘 알지는 못해도 심장이 무리해서 일하는 상황은 좋지 않을 것 같다. 각자 자기의 역할을 하면서 잘 존재하면 되는데 어디서부터인가 삐걱거리며 움직이지 못하면 어느 한 곳이 오버해서 힘쓰고 이는 또 다른 벽에 부딪혀 순환장애를 반복할 것 같다.

침술사가 침을 놔줄 수 없다고 말한 이후 시간이 지날수록 가슴에 찬바람이 느껴진다. 상담에 동참하기 위해 오전 휴가를 냈던 남편이 점심을 사주고 회사로 갔다. 혼자 쇼핑센터를 기웃거리다가 청바지를 사고 카페에 앉아 책도 읽었다. 잠시 서점에 들렀는데 집에 와서 보니 상하 2권짜리 책 중 하권만 샀다. 책 살 때 마음이 어디에 가 있었는지 모르겠다.

혼자서 먹을 저녁밥을 준비하다 설움이 복받쳤다. 슬픔인지 분노인지 감정 상태를 정확히 알기 전에 눈물이 먼저 움직였다. 저녁의 차가운 기운이 내 몸을 자극하는지 발 시리고 종아리에 쥐가 났다. 눈물을 닦고 발과 다리를 주물러 주고 밥을 먹기 시작했다. 눈물은 나지만 몸의 기운이 순환될 수 있도록 정성을 기울여 밥을 먹기로 했다. 밥 한 수저 먹고 울기를 반복했다. 침술사가 침

을 놔줄 수 없을 만큼 좋지 않은 상태의 몸이라는데 눈
물이 나도 밥은 먹어야 할 것 같다. 눈물은 눈물이고, 밥
은 밥이다.

자꾸 눈물이 흐른다. 안쓰럽고 먹먹하다. 출발선에 다
시 서 있는데 안개가 너무 자욱해서 앞이 안 보인다. 내
몸과 관련해서 의지할 곳이 없다. 이런 몸이니까 모든
일상을 남에게 챙겨달라고 할 수도 없다. 숨이 차면 멈
추는 용기를 내며 내 몸을 관찰하고, 햇빛 찬란한 날과
바람 불거나 비 내리는 날들을 그대로 인정하고 받아들
이면서 일상에 존재할 수밖에 없다. 묵묵히 걸을 수밖에
없다. 눈물로 먹먹함을 녹이고 밥을 먹으며 사랑으로 감
쌀 수밖에…….

몸을 사랑과 연민의 마음으로 보살피기

"내 몸이 통증을 통해 알려주고 싶은 게 무엇일까?"

얼마 전 엉거주춤하게 발바닥을 붙이고 나비 자세를 했다. 호흡이 뿌리차크라까지 쭉 내려가며 안정감이 느껴졌다. 순간 수술한 이후 한 번도 하지 못한 양반다리를 할 수 있을지도 모른다고 생각했다. 다리에 통증이 느껴져서 나비 자세는 5분을 넘기지 못했다. 손으로 골반 부위를 오랫동안 마사지하면서 진짜로 양반다리를 할 수 있으면 좋겠다고 생각했다. 하지만 현실은 그동안 사용하지 않아서 뭉쳤던 근육들이 깜짝 놀랐나 보다. 아니면 그동안 담 결리는 느낌으로 여기저기에 통증이 있었는데 내가 풀어주지 못해서 이번 기회에 몸의 근육들이 한꺼번에 아우성치기로 했나 싶다.

몸 뒤쪽이 당기고 아프다. 흉골, 가슴, 승모근이 경직되어 움직이기 어렵다. 마사지해주려는 남편의 손길이 무기처럼 느껴져서 손을 못 대게 했다. 목, 어깨, 허리, 가슴 밑과 옆구리도 아프지만 다리가 더 신경 쓰인다. 못 걸을까 봐 두려운 마음이 있어서다. 살면서 마비, 다리 수술 등으로 몇 번이나 걷지 못했던 경험이 두려움의 회로를 작동시키고 있다. 지나고 나서도 이렇게 두려운데 당시에 몸을 친절하게 챙겨주지 못해서 미안하다. 눈물이 핑 돈다.

책 읽을 때 바른 자세를 취하려고 해도 몸을 왼쪽으로 지탱한다. 수시로 가슴을 펴 보지만 책을 읽다 일어나면 등과 가슴에 담 결려서 숨이 안 쉬어지는 느낌이다. 목 뒤부터 발바닥까지 전체적으로 당기고, 왼쪽 옆구리와 가슴 밑부분이 결리고, 의자에 앉아 책 읽을 때 다리가 아파서 괴롭다. 앉거나 서는 자세 모두 다 불편하다.

책 읽는 자세 자체가 내 몸에 무리라는 한의사의 충고가 떠오른다. 아픈 증상을 이야기하다 다리에 힘이 없다고 했더니 몸 상태가 안 좋아서 잠깐씩 마비처럼 느껴질 수 있다고 했다.

이 모든 사태가 책 읽는 것 때문인지 헤아려 본다. 가을에서 겨울로 넘어가며 내 몸이 경직되는 느낌이 심하다. 읽을 책의 분량이 많아지면서 증상이 더 심하다.

책 읽고 공부하는 자세 자체가 내 몸에 버겁다는 말이 슬프다. 그나마 내 삶에 위로가 되고 기쁨이 되는 게 책 읽으며 공부하기인데 여의치가 않다. 책이라도 읽어야 내가 살아서 세상과 소통하는 느낌이고 그마저도 안 하면 혼자라는 고립감이 들어서 슬프다.

날씨가 쌀쌀해졌고 초저녁인데 컴컴하다. 불을 안 켜고 거실 커튼 열어둔 채 소파에 앉아 눈물을 흘리고 있다. 내가 원하는 게 이루어지지 않고, 몸이 자꾸 아프면 마음도 불편해져서 책을 읽으며 위로받곤 한다. 내가 몰랐던 것들을 알게 되면서 배우는 자세로 살려고 한다. 불편해도 뭔가 배우는 중이라며 기다린다. 배우는 자세로 있으면 원망이나 분노가 사라지고 남 탓하는 말도 안 하게 되고 나에게 초점을 맞출 수 있어서 좋다. 항상 잘 되지는 않지만 그래도 그렇게 내가 성장하고 있는 느낌도 든다. 그런데 요즘 내 몸이 몹시 괴롭고 걷지 못하게 될까 봐 두렵다.

사람의 몸에는 일곱 개의 에너지 중심이 있고 척추 밑 바닥에서 머리끝을 향해 배열되어 있다고 한다. 일곱 개의 차크라는 세속적인 힘에서 신성으로 올라가는 움직임으로 물질, 육체적 욕망, 자존심, 사랑, 의지와 자기표현, 직관과 지혜, 영성으로 이어진다. 차크라의 에너지가 병으로 드러나기도 한다는데* 내가 각 차크라의 신체 부위마다 불편함을 안고 사는 것을 보면 배우고 해결해야 할 과제가 많은가보다.

통증은 살아있는 자의 몸부림이다. 부대끼고 고통스러워도 통증을 온전히 마주하면 그 아래에 숨어있는 감정이 보인다. 어쩌면 이번 통증이 나에게 남아있는 두려움의 찌꺼기를 마주하고 해결하기 위한 과정인지도 모르겠다.

통증을 통증 자체로 온전히 느끼면 되는데 못 걸으면 어쩌나 두려워하는 감정 때문에 더 고통스러워진다. '사실'에만 주의를 모으면 통증을 관찰할 수 있다. 어쩌면 이번 통증이 내 몸이 깨어나서 차크라 에너지가 활성화되고 건강해지기 위한 과정일 수도 있다. 그동안 차크라 부위마다 통증을 느끼며 해소되지 않은 감정과 마주했다. 완전하게 감정을 해소하지는 못했어도 '그랬구나, 그렇구나' 연민의 마음으로 어루만질 수 있다.

통증에 저항하지 않고 가만히 기다리기로 한다. 내 몸의 소리에 귀 기울인다. 몸이 괴롭지 않도록 나의 리듬과 속도에 맞게 걷는 법을 배우기로 한다. 책을 읽으며 위로받고 배우지만 몸을 위해 내려놓을 줄도 알아야 한다. 서두르면 숨이 차서 탈이 나니까 내 몸에 맞게 천천히 움직여야 한다.

사랑의 마음으로 아픈 몸을 챙겨주고 연민의 마음으로 아껴주며 내 몸을 보살피련다.

*캐롤라인 미스, 『영혼의 해부』, 정현숙 옮김, 한문화, 2013년.

두려움을 마주하다가 사랑 욕구와 만나다

'못 걸으면' 어쩌나 두렵다.

겉과 속이 아름답게 살고 싶은데 걷지 못하면 예쁘지가 않다. 걷지 못해서 누군가에게 내 몸을 의지하면서 발생하게 되는 온갖 불편을 화내지 않고 감사하며 살 자신이 없고, 외적으로도 추레한 모습이 싫다. 사랑받을 가치가 떨어지면 어쩌나 걱정된다.

살면서 걷지 못하는 경험을 여러 차례 했다. 어렸을 적 다리에 마비가 와서 한 달이나 못 걸었을 때는 내가 무슨 생각으로 살았는지 기억나지 않는다. 그 뒤에도 다리가 불편해서 초등학생 혼자 한 시간 넘게 버스를 타고 가서 침을 맞았다. 몇 년 전 수술을 하고 4개월이나 목발을 짚을 때는 '곧 회복하겠지'라는 막연한 기대가 있었다. 그러나 다시 극심한 통증과 함께 발을 디디지도 못할 때 '내가 또 못 걸을 수 있는 거였어?' 하며 당황스러웠다. 나에게 이런 일이 생기면 안 된다는 마음이 올라오기도 하고 내 속 깊은 곳에 이런 일 생길까 봐 두려웠다는 것을 발견했다. 치마 입기를 좋아하고, 다리에 부담 주지 않으면서 예쁘게 신을 수 있는 신발에 무의식적으로 집착했다.

걷지 못하는 경험은 위장 경련 통증과는 차원이 다르다. 위장 경련은 내 힘으로 조절이 안 되면 병원에 가서 진경제를 투여하면 통증이 곧 진정된다. 그런데 갑자기 걷지 못하는 증상은 내 의지뿐만 아니라 병원에 가도 원인을 찾지 못했다. 바로 걸을 수 있게 해주는 약도 없다. 원인을 모르니 진통제를 주며 기다려 보자는 의사의 말을 들으면 답답했다.

요즘, 다리에 힘이 없고 의자에 앉아 있을 때 골반, 허벅지, 종아리, 발뒤꿈치, 발바닥이 당기고 뒤틀리는 느낌이다. 허리도 욱신거리고 왼쪽 옆구리와 가슴 밑 부분도 끊어지는 느낌이고 등 날개뼈 부위는 담 결린 듯하다.

통증이 있다는 것은 내가 살아있다는 증거지만 다리의 통증은 겁난다. 내 힘으로 걷지 못하는 것은 두렵다. 삼십 대부터 사십 대 중반까지 십여 차례 입원했고, 몸

안의 여기저기에 혹도 있는데 못 걷는 게 제일 무섭다.

걷지 못하면 화장실을 가고, 식사를 위해 식탁에 앉으려고 해도 주변 사람의 도움을 받아야 한다. 물을 마시려면 누군가에게 가져다 달라고 말해야 한다. 나의 주체성은 사라지고 모든 것을 남에게 의지해야 한다.

남에게 기대어 살려니 답답하고 내가 할 수 있는 일이 없다는 것은 마음에 거친 바람 불게 한다. 모든 관계가 단절되고 고립되는 느낌이 들어서 무섭다. 세상에 혼자 있는 듯한 착각이 들어서 주변 사람과 마찰을 빚기도 한다. '내가 망상에 빠졌구나' 알아차리고 있는 그대로 보고 받아들이는 게 쉽지 않다.

나는 세상과 관계 맺고 소통하며 아름답게 살고 싶다. 지혜와 사랑으로 겉과 속이 다 예쁘게 살고 싶다. 세상에 태어나 살고 있으니 지혜로 물들고 싶고, 외모도 괜찮은 사람이기를 원한다. 사랑하고 사랑받고 싶다.

내가 그동안 외모에 관심 있는 줄 의식하지 못했다. 하지만 옷을 분위기 있고 어울리게 입는다는 말이나 예쁘다는 말이 싫지 않았다. 사랑받을 가치로 여겼던 것 같다.

외모가 사랑의 절대적인 조건이 아니라는 것을 알지만 채워지지 않은 사랑에 대한 허기가 두려움 속에 감춰져 있다. 어쩌면 다리가 아파서 못 걸었던 이유도 주변 사람에게 관심받고 사랑받고 싶은 욕구였는지도 모르겠다.

아픈 채 사는 법을 배우면서부터 남이 알아주는 일이 아니라 내 일상을 잘 가꾸려고 노력한다. 그런데 오늘 못 걸으면 어쩌나 두려워하는 마음과 마주해 보니 내 속에 사랑 욕심이 있다. 지혜로 물들어 세상과 아름답게 관계 맺고 소통하며 사는 사람이라면 사랑도 충만할 거라는 기대가 있다.

두려움과 마주하다가 나에게 사랑받고 싶고 사랑하고 싶은 욕구가 있음을 깨닫는다.

몸이 깨어나고 있다

습관적으로 아픈가 보다. 건강해지는 것도 연습이 필요하다.

늑골 부위가 당긴다. 승모근, 극하근, 대원근, 광배근 중 어디서부터 문제인지 정확히 구분할 수 없지만 몇 년 전부터 음식을 준비하려 싱크대에 서 있으면 등이 부서지는 느낌이 든다. 아침에 잠에서 깨 호흡이 들어오고 나가며 내 몸에 느껴지는 모든 감각에 주의 모으는데 등 날개 부위와 가슴 부분이 원을 그리며 아프다. 호흡에 주의 모으고 아픈 것을 온전히 바라보다가 30분 넘게 전신 스트레칭을 했다.

내 몸이 변하고 있다는 생각이 든다.

'어째서 이런 통증이 있을까?'에 대한 답을 찾았다고 해야 할까?

등이 아프다가 흉골 통증으로 숨쉬기가 어렵기도 하더니 가슴이 뻐근하거나 당긴다.

뿌리와 천골 차크라뿐만 아니라 태양신경총과 가슴 차크라가 깨어나고 있는 것 같다. 생존, 물질적인 욕구와 감정의 균형, 성에 대한 이슈, 그리고 개인의 힘, 자기 의지와 관계, 사랑의 이슈를 마주하고 있다. 뿌리 차크라의 몸 부위가 뼈와 관련된다는데 나는 올해도 오른쪽 골반 부위 통증으로 걷기 어려운 날이 있다. 피곤할 때 천골 차크라의 몸 부위인 방광염 기운을 느끼기도 한다. 태양신경총 차크라의 몸 부위인 소화계, 근육 부분의 불편함이 나타났다 사라지기를 반복하고 있다. 가슴 차크라의 심장과 가슴, 폐, 순환 부위도 마찬가지다. 목 차크라의 몸 부위인 입 주변과 귀도 가렵다. 그리고 제3의 눈 차크라의 몸 부위인 눈에 염증이 자주 생기고 가렵다.* 내 몸의 여기저기서 아프다는 감각을 느낀다. 살아있다.

몇 년 전 차크라를 처음 알게 되었을 때 내 몸의 통증도 극심하고 심리적으로도 커다란 파도가 밀려와서 괴로웠다. 지금도 몸과 마음의 파도는 계속 출렁인다. 다만, 그 파도를 지켜보며 괴로워하기도 하고 지나갈 것을 신뢰하기도 하며 그 순간에 존재해 보려고 노력 중인 내가 있다.

명상하면서 알아차림의 도구로 글을 쓴다. 어떻게 의사소통하고 표현해야 할지 막막할 때도 있지만 목 차크라(비슈다)의 이슈를 일상에서 풀려고 한다. 비슈다VISHUDDHA의 의미가 '정화'라는데 올해 아버지의 죽음 앞에서 나는 정화하기를 일상화했다. 사람의 몸에는 일곱 개의 에너지 중심점이 있다는 것을 알게 되고 나 자신과 마주할 때도 정화하기를 많이 했다. 아버지의 죽음을 경험한 지금은 더 간절하게 정화한다. 그러면 호흡이 안정된다.

내가 지금 일곱 개의 차크라 중에서 어느 한 부분에 멈춰 있는 게 아니라 꿈틀거리며 움직인다는 생각이 든다. 움직인다는 건 변화하고 있는 것이고 살아있는 증거다. 왼쪽 가슴 위쪽이 간지러운 것도 같고 두근거리기도 한다. 뭔가 터져 나오기 직전의 용씀 같다. 귀를 막고 소통하지 않으면서 웅크리고만 있을 때는 아픈 감각을 세세히 파악하지 못했다. 뭉뚱그려서 '아프다'는 말로밖에 표현할 수 없었다. 지금은 열나는지, 등이 뭉치는지, 흉골이 뻐근한지, 사타구니가 무지근한지, 허벅지가 당기는지 등에 대해 알아차린다. 몸이 기지개를 펴는 것 같다. 몸이 깨어나는 중이다.

걷기조차 안 될 때가 있는 몸을 위해 집 주변을 걷는다. 아예 걷지 못할 때가 아니면 조금씩 정성을 기울여 발바닥이 땅에 닿는 감각에 집중하며 걷기를 한다. 그리고 집에서도 스트레칭을 시작했다. 내 몸이 깨어나는 것을 도우려고 일상에서 스트레칭하는 것 같다. 의식적으로 계획해서가 아니라 몸이 절실히 필요해서 내가 그렇게 움직이도록 우주의 에너지가 이끄는 것 같다.

몸의 통증이 해소되지 않은 나의 욕구들과 관련이 있다는 것을 알아가고 있다. 한 번의 알아차림으로 완전히 다른 사람으로 거듭나지는 못해도 몸과 마음의 경험들을 통해 배우고 있다. '이 경험을 통해 무엇을 배울까?' 생각한다. 이 마음이 통증에 대한 저항감을 줄여주고 배움에 도움을 주는 손길과 만나게 한다. 걷고 스트레칭하며 내 몸이 스스로를 돕고 있는 것을 경험한다.

몸의 통증을 가만히 지켜보고 호흡에 주의 모으다 보니 몸이 깨어나며 변화하고 있는 느낌이다. 헝클어졌던 기운이 균형을 맞추고 있다. 균형을 잘 맞추려고 연습한다. 내가 사랑의 에너지로 감싸인 온전한 존재로 느껴진다. 따뜻하다.

*리즈심슨, 『차크라 힐링』, 천시아 옮김, 젠북, 2014년.

부모와 자식

못 받은 것에 대한 결핍은 오래 기억하지만 받은 것은 쉽게 잊는다. 나의 변화는 알아주기를 바라면서 타인의 변화에 둔감한 경우도 있다. 부부끼리도 미용실 다녀왔을 때 상대방이 알아주는 경우가 얼마나 되나 싶다. 하물며 삶의 태도가 바뀌는 것을 알아차리기는 오랜 시간과 관심이 필요하다.

내가 어렸을 때 고기를 먹지 못한 햇수는 5년 정도였다. 비위가 상해서 먹기 불편한데 다시 고기를 먹으려고 노력한 날들이 많다. 하지만 부모님은 '너는 고기를 안 먹어'라고 단정지었다. 내가 부모님 앞에서 고기를 먹고 있어도 그렇게 말씀하셨다. 그 시간이 25년을 넘었다.

부모는 자식에 대해서 과거의 기억과 눈만 있는 경우

가 많은 것 같다. 나 또한 부모에게 어렸을 적 받지 못한 사랑에 대해 아쉬워한다. 그러면서도 부모님 또한 받아 본 적이 없는 사랑이라서 자식에게 어떻게 해야 하는지 몰랐을 거라며 이해하려고 애쓴다. 먹고 살기 어렵고 사회적으로 어수선했던 시대에 자식 굶기지 않고 학교 보내 줬으면 대단한 거라고 미화한다. 어쩌면 부모님의 속마음은 잔병치레 잦은 딸이 안쓰러웠을지도 모른다며…….

고기를 안 먹어서 아픈 거라고 말하는 어머니 앞에서 내가 입에 고기를 씹고 있다고 보여줘도 만날 때마다 그 말을 해서 불편했다. 나의 변화를 알아차리지 못하는 이유가 관심이 없어서라고 느껴져서 서운했다.

어머니의 기억 속에 내가 심하게 앓았던 때가 고기를 안 먹기 시작한 시점으로 기억되기 때문인 것 같다. 고기를 안 먹기 시작할 때 음식에 비위 상해하며 힘들었는데 그런 나를 위해 어머니가 특별히 뭔가 다른 음식을 해줬던 기억은 없다. 어머니는 고기를 안 먹으며 자꾸 아픈 딸이 걱정스러웠을 테고 나는 챙김 받지 못한다는 기억과 연결되어 불편했다. 내가 지금 어떤 태도로 어떻게 사는지 눈여겨 봐주지 않는 느낌이 들었다. 나도, 어머니도 과거의 기억에서 벗어나지 못해 현재를 제대로 보지 못했다.

딸이 매끄럽게 해결되지 않은 일에 대해 짜증을 냈다.

중간에 '이게 뭐지?' 싶었는데 그냥 했더니 잘못됐단다. 덕분에 안 써도 될 돈을 썼다. 이때, 내 머릿속에 부정적인 기억이 떠오르며 딸이 그 문제를 해결하려 지금 뭔가 노력한 부분은 눈을 감아버리고, 잘 모르면 확인해야지 왜 그냥 진행했냐고 질타했다.

딸과 나는 이 일로 눈물을 흘리고 소리를 질렀다. 결론은, 일이 꼬였지만 딸은 나름 해결했고 엄마에게 위로받고 싶었던 거고, 나는 잘 모르면 확인해서 정확히 해결했어야 할 일을 그냥 진행한 뒤에 투정을 부리는 딸의 태도가 불편했던 거다. 우리는 둘 다 과거의 기억으로 들어가 상대방에게 느꼈던 불편한 감정을 투사했다. 그러면서 서로에게 입었던 상처를 들추며 받고 싶은 지지에 대해 아쉬움이 많다는 것을 드러냈다. 딸은 엄마에게 말을 골라서 해야 한다며 어려움을 호소했다. 나는 가족이라는 이름으로 가해지는 비합리적인 부분에 대해 말하며 공동체로서 각자 존재해야 할 필요성이 있다고 했다.

가족이니까 알아서 이해하겠지 하는 마음이 자꾸 상처를 남겨서, '가족은 공동체'라는 생각을 하기 시작했다. 가족들에게 여러 차례 이 말을 했지만 수용되지 않았다. 나조차도 '엄마'라는 이름, '아내'라는 이름으로 그 역할에 빠져서 챙겨야 한다는 의무감을 느낄 때가 많다. 내가 가족을 챙기면서 그들에게 그만큼의 챙김을 받고 싶었던 기대가 있었다는 것을 뒤늦게 깨닫고, 가족에게 향하던 불편한 화살을 거두곤 한다. 그들에게 화낼 일이 아니라는 것을 알게 되었기 때문이다. 나의 이런 태도가 딸에게는 엄마가 멀리 있는 사람처럼 느껴져서 결핍감을 일으켰나 보다.

부모와 자식으로 산다는 게 참 어렵다. 딸의 속도와 리듬으로 살아갈 뿐 내가 원하는 대로 움직이지 않는 모습을 지켜보면서 속상했다. 딸이 한 존재로서 평안하게 살아가기를 바랄 뿐 엄마라는 이유로 이래라저래라 해봐야 더 큰 괴로움에 직면한다는 것을 알아차리며 내가 딸에게서 독립해야 한다는 생각을 많이 했다.

아기가 엄마와의 분리불안을 잘 극복해서 사회로 나가듯이 엄마도 자식이 알아서 살아가고 있음을 지켜봐야 한다. 하지만, 자식이 부모에게서 독립을 원하면서도 온갖 챙김을 받으려고 하듯이, 부모도 자식이 알아서 해나가길 바라면서도 참견을 멈추지 못한다. 자식이 잘되기를 바라는 마음이라지만 '사랑'과 '참견' 사이가 애매하다.

내가 아무리 '독립'이라는 단어를 새겨도 그 애매한 사이를 왔다 갔다 하는 날이 많다. 이 과정에서 딸은 엄마가 자기를 지지하지 않는다고 생각했나 보다. 나로서는 딸의 속도와 리듬을 지켜보려 노력한 부분은 인정받기를 바라지만 그 또한 욕심인지도 모른다. 오늘 딸과 큰소리치고 울기까지 하면서 내가 엄마로서 불편함을 느꼈다면 딸도 어려운 부분이 있었다는 것을 인정한다. 딸이 내 불편함을 들여다보기 어렵듯이, 나도 딸의 어려운 부분을 헤아리기가 쉽지 않다. 부모와 자식은 각자의 속도와 리듬에 맞춰 살아갈 뿐이니 잘 독립할 수밖에 없음을 다시 마음에 새긴다.

어쩌면, 나의 변화만 생각하느라 딸의 변화를 쳐다보지 못해서 오늘처럼 부딪쳤는지도 모른다. 딸이 6개월 동안 교환학생으로 외국에 나가서 생활하다 돌아온 뒤에 방 정리를 잘한다. 기억을 더듬어 보니 외국에서 돌아온 뒤에 방 정리하라는 말을 한 적이 없다. 전에는 딸이 방 정리를 안 한다고 생각했다. 6개월의 물리적 거리가 딸의 변화를 알아차리는 기회가 되었다. 떨어져서 봐야 보이나 보다.

딸이 나보다 독립을 훨씬 잘하고 있는지도 모른다. 예전에는 자기 방이나 물건을 정리하지 않은 적도 있지만 지금은 잘하고 있고, 문제가 발생했을 때 세세한 부분을 놓쳐서 수수료를 낼 때도 있지만 해결하고 있다. 거기다 엄마에게 어떤 지지를 받고 싶은지도 말한다. 스스로 알아봐서 물리적 독립도 시도한다. 아직 학생인데 굳이 그 럴 필요가 있나 싶기도 하지만 딸이 원하는 대로 해줘야 겠다. 부모와 자식이라는 이유로 한 공간에 앉아서 서로 에게 불편하다고 말하기보다 새로운 환경에서 새로운 관계를 맺어보는 것도 나쁘지 않겠다. 물리적 거리가 있 어야 서로를 객관적으로 바라보는 시야를 확보하는 것 같다. 과거의 기억과 눈만 고집하지 말고 서로 변하고 있는 것들에 대해 알아차리고 지지해 주는 부모와 자식 이면 좋겠다.

나만 변화하는 게 아니라 딸과 어머니도 변화한다. 이 알아차림에 감사하다. 딸과 사랑으로 존재하는 방향을 점검할 수 있게 되었다. 그리고 연로하신 어머니와의 시 간을 과거의 아쉬움이 아니라 '지금'에 초점을 맞추고 '좋은 시간으로 물들이기'로 방향 잡는다. 속을 들여다 보니 사랑이 보인다.

사랑이란 무엇일까?

사랑의 모습은 갖가지다. 짜릿하게 유혹하고 끌리는 사랑, 도움의 손길에 정복당하는 사랑, 서로를 아끼며 무던하게 이어지는 사랑……. 서로를 아끼는 사랑을 원한다고 하지만 세상에 존재하는 모든 이들의 사랑은 제각각일 뿐이라는 생각이 든다.

소설 『안나 카레니나』(문학동네, 2012년)에서 안나와 브론스키가 사랑에 빠진다. 소위 불륜 소설이라 말하기도 하고 여성의 심리를 잘 묘사한 작품이라고 한다. 작가 톨스토이가 등장인물마다 생생하게 묘사하고 당시의 문화나 사회적 사건을 녹여내서 시간이 흘러도 사람들이 기억하는 책인 것 같다. 안나의 남편 알렉세이는 아내와의 문제를 해결하지 못하면서 사회적 일에 매진하고 있다. 경마 장면에서 브론스키의 실수로 말의 등뼈가 부러지는 사고가 나지만 그는 멀쩡하다. 죽어가는 말에 대한 묘사가 이후에 안나가 당면하게 되는 죽음을 예고하는 것 같다. 키티에게 어렵게 청혼했다가 거절당해서 괴롭지만 농사지으며 활기를 찾는 레빈이나, 브론스키에게 청혼받을 줄 알았다가 그의 시선이 안나에게 가 있는 것을 보고 절망에 빠졌던 키티가 회복해 가는 과정도 재미있다.

사랑이란 무엇일까?

한국전쟁 발발 직전 할아버지가 돌아가시고 어린 자식들을 데리고 살아야 했던 할머니의 삶은 팍팍했다. 서른 즈음에 혼자 된 할머니에게 동네 땅을 소유한 남자가 외지에서 가끔 찾아왔다. 안나와 브론스키는 첫눈에 불꽃이 튀며 서로에 대한 끌림을 어쩌지 못하며 귀족으로서 화려하게 만나고 사랑을 나눈다. 경제적으로 어려웠던 할머니가 자신을 찾아오는 남자에게 마음이 움직였는지, 두 분 사이에 뭔가가 있었는지는 알 수 없다. 땅을 소유한 외지의 남자가 베풀어 주는 것으로 먹고 살아야 했던 시기는 아버지에게 상처가 된 모양이다. 아버지는 결혼 초부터 어머니에게 어떠한 경제권도 허락하지 않았다. 장을 보는 것도 어머니의 몫이 아니었다. 경제권을 틀어쥐고 있어야 여자가 꼼짝을 못 한다고 생각하셨는지도 모르겠다. 아버지는 말년에 어머니에 대한 의처증이 깊어졌다. 어린 시절 겪은 상처를 속에 간직해서인지 결혼 초기부터 어머니에게 친절과 불친절의 상태를 수시로 오갔다.

아버지는 내 앞에서 이런 이야기를 한 번도 하지 않았다. 다른 사람을 통해서 들은 말이고 사실 여부를 정확히 알 수 없다. 나는 할머니가 잘못했다고 생각하지 않는다. 고단한 시절을 살아내야 했던 한 여인의 인생이 안타까울 뿐이다. 그 과정을 지켜보며 상처 입은 아버지가 안쓰럽다.

할머니는 살아계실 때 아버지의 인기척이 나면 맨발로 뛰어나가셨다. 아들을 어려워하면서도 지극하게 아끼는 할머니와 무뚝뚝하던 아버지의 모습이 떠오른다. 할머니가 집에 계시지 않을 때 식사하면서 할머니는 음식을 맛있게 하는데 어머니의 음식은 맛이 없다며 화내던 모습도 떠오른다. 아버지는 집에서 모든 것에 독불장군처럼 구셨다. 어머니를 독점하고 싶은 욕구에서 출발했는지 모르지만 부정하다는 생각의 꼬리를 물었다. 바깥출입에 제한을 두면서도 온갖 망상을 재생산하며 화내고 몰아붙였다. 결혼생활 59년 만에 어머니가 무서워서 못 살겠다고 끝내 집을 나올 만큼…….

1년 넘게 따로 살면서도 아버지의 망상은 계속되었다. 그러면서도 어머니를 데려오라고 자식들에게 소리쳤다. 나는 아버지가 어머니의 사랑을 몹시 갈구하는 남자라는 생각을 했다. 어머니에게 사랑받고 싶은데 어떻게 해야 하는지 모르고 소리치던 아버지. 화를 낼수록 겁먹은 어머니도 어찌할 줄 모르고 아버지가 원하는 사랑을 주지 못하는 악순환이 반복되었다.

『안나 카레니나』에서 브론스키를 사랑할수록 자신을 떠날까 봐 두려워하고 집착하던 안나는 사랑이 물거품이 되었을 때 죽음을 선택한다. 브론스키는 안나의 아름다움에 빠져서 유혹할 때는 거침없다가 그녀가 자신만을 바라보자 사회적 관계 맺기를 하며 사람들의 인정을 받고자 한다. 한 여자에서, 사회로 욕망의 방향이 바뀐다. 레빈은 우여곡절 끝에 키티와 가정을 꾸리고 사랑과 책임감을 느끼며 산다. 농사를 지으며 행복 속에 있다.

아버지의 사랑 방향은 어디였을까? 아버지가 어머니에게 느낀 사랑은 무엇일까? 정복하고 집착하며 마음대로 휘둘러야 성에 차는 사랑이었을까? 두려워서 아버지에게 꼼짝도 하지 못하면서 무던히 그 자리를 지키려 애쓰던 어머니의 사랑은 무엇일까? 그런 부모님 밑에서 내가 선택한 사랑은 어떤 것이고 어디로 가고 있을까?

죽음을 앞두고 세상에서 혼자가 되었을 때

죽음명상 경험이 내 죽음의 때를 상상하게 한다.

혼자다. 사람들도 없고, 건물이나 자동차도 사라졌다. 나는 햇살이 비치는 숲에 있다. 물 흐르는 소리를 따라 걸어간다. 맑은 물이 흐르고 있다. 손과 얼굴을 닦고 나무 밑으로 가서 앉는다. 고요하다.

죽음의 때에 세상에서 혼자가 된다던데 지금이 그때인가보다. 조금 두렵다. 이 시간은 얼마나 지속 될까?

한참을 멍하게 앉아 있다가 숨을 크게 들이마시고 내쉬며 기운을 내본다. 하나, 둘…… 열 번 호흡한다. 흩어졌던 기운이 내 몸으로 모인다. 오른손으로 왼쪽 가슴을 토닥거린다. 눈물이 핑 돈다.

181

"나의 이번 생이 끝나고 있구나."

소리 내어 말한다. 서글픔을 많이 느끼던 이번 생이 끝나는데 여기 이 숲은 너무나 고요하다. 춥지도 덥지도 않고, 햇볕도 따스하다. 고요함으로 물든 채 살았으면 좋았을 걸 하는 후회가 올라온다. 아니다. 사는 게 고요할 수만은 없다. 자꾸 서글프던 하루하루를 잘 지내보려고 했다. 몹시 애쓰던 날도 있다. 명상을 통해 애쓰는 것도 내려놓고 하루를 살아갈 뿐임을 배우기도 했다.

웃음이 난다. 여기서 내가 무엇을 해야 하는지, 남편과 딸에게 작별인사는 했는지 궁금하다. 죽음의 때에도 나의 습관은 계속되나 보다. 뭔가 챙겨줘야 한다는 강박이 많아서 스스로를 피곤하게 할 때가 많았다. 살면서 머리로 뭘 해야 한다는 생각이 없는 날이 얼마나 있었나 싶다. 정작 내가 원하는 것은 머리로만 고민하고 실천하지 않는 모습에 실망하기도 했다. 나도 능력 있는 사람이면 좋겠는데 능력을 키우는 노력이 부족했다. 사람을 그리워하면서도 만남을 어색하고 불편해했다. 죽음의 때에도 후회하고 있다니 씁쓸하다.

숨을 들이마시고 내쉬며 주의를 나에게로 돌리고 질문한다. '나는 이번 생을 어떻게 살았나?'

잦은 병치레를 겪으면서 명상을 했다. 마음공부라는

표현이 무난한 것 같다. 명상하며 아픈 몸에 주의를 모으니 내가 불안하고 잔뜩 긴장해서 떠는 게 보였다. 떨고 있는 나를 수용하면서 몸 여기저기 통증의 움직임을 관찰했다. 몸의 통증은 일어났다가 사라지기를 부지기수로 반복했다. 외출할 때마다 소변이 마려웠다. 10분 전에 화장실 다녀왔는데 집을 나서기 전 다시 욕실에 들러야 했다. 보고 싶은 영화를 보러 가거나 좋아하는 사람을 만나러 갈 때도 마찬가지였다. 그런 내 상태를 받아들이고 외출 준비하는 시간을 넉넉하게 잡기도 했다.

부모님으로부터 사랑받고 싶었다. 하지만 이번 생에서 화내는 아버지와 겁먹은 어머니를 지켜봐야 했다. 남편에게 친절한 사랑 받고 싶었으나 내가 챙겨주는 걸 더 좋아해서 쓸쓸한 날이 있었다. 그래도 남편이 나에게 사랑한다고 말해준 것에 감사하다. 내 옆에 있어 준 것에 감사하다. 8일 동안 분만실에서 견디다 낳은 딸은 이번 생에서 나를 변화시킨 최고의 스승이다. 살면서 누군가를 온전히 받아들이고 사랑하는 경험을 하게 했다. 산통을 겪으면서 저항하지 않고 아이의 안전만을 바라던 경험은 내 생애 가장 아름다운 순간이다. 조산이라 하루라도 엄마 뱃속에서 아이를 품어주는 게 좋다는 의사의 말에 40주를 채우지 못한 아이가 염려되어 내 몸이 아프다는 말을 하지 않았다. 살이 갈기갈기 찢어지는 듯하고, 정신 잃기를 반복하고, 먹지도 못하면서, 뱃속 아이에게 사랑한다는 말만 했다. 아이가 태어나던 순간과 내 가슴에 올려줄 때의 희열은 무엇으로도 대체할 수 없다. 다시 그 일을 겪으라고 하면 못할 것 같은데 그때는 어떤 저항도 없이 그저 아이에 대한 사랑만 있었다.

죽음 앞에서 가족들이 떠오르는 것을 보니 내게 가장 소중한 존재다. 때때로 부대끼고 괴로웠지만 죽음의 순간에 그들과의 관계를 다시 바라보며 좋아하기도 하고 후회의 감정을 지니기도 한다. 그저 사랑하고 사랑받고 싶었다.

세상에서 뭔가를 성취하는 것보다 내 일상을 잘 챙기지 못한 아쉬움이 남는다. 말로는 매 순간이 소중하다 했지만 실상은 습관적인 태도였을 때가 많다. 누군가에게 인정받고, 집을 사려고 아등바등하고, 내 생각이 옳다며 고집 피우기도 했으나 죽음 앞에서 그것들은 형체가 없다. 햇살 비치는 숲에서 사랑과 삶의 태도에 대해서만 남는 걸 고요히 바라본다.

죽음의 순간 남편에게

죽음의 순간 당신과 나눌 대화를 상상하며 이 글을 씁니다.

우리는 친구의 결혼식 피로연에서 만났습니다. 오늘도 그날처럼 하늘이 푸르릅니다. 바람이 불고 있지만 파란 하늘과 따뜻한 햇볕이 좋습니다.

내 인생의 많은 시간을 당신과 함께 있었습니다. 우리는 사소한 일로 다투기도 하고 서로에게 원하는 것이 무엇인지 모르거나 헷갈릴 때도 있었습니다. 때로는 어려웠지만 함께 걸어온 시간 동안 추억의 자리도 많습니다. 좋은 시간으로 물든 것들에 감사합니다. 사랑한다지만 공짜로 완전한 무엇인가가 주어지지는 않았습니다. 발바닥을 땅에 붙이고 살아야 하는 현실은 예상치 못한 변

수가 많고 의도와는 다른 사건들이 벌어지곤 했습니다. 그럼에도 우리는 함께 걷기로 했습니다. 바람을 맞으면서도 함께 걸어왔다는 사실에 자부심이 느껴지고 기쁩니다. 수고했어요, 당신. 그리고 나도.

　내게 남은 하루에 당신과 함께 존재해서 기쁩니다.
　내가 지금 어떠한 상황이든지 스스로 치유할 수 있고 건강할 수 있다는 것을 배우는 데 오랜 시간이 걸렸습니다. 나를 돌봄으로써 건강해지는 데 용기가 필요했습니다. 수시로 내가 양보하고 희생해야 한다는 사고가 고개를 들었습니다. '해야 된다'는 의무 때문에 당신의 욕구를 먼저 생각하다 억울해하곤 했습니다. 기억 속에 누르고 있던 불안과 짜증이 어떤 사건과 마주하면 속에서 화가 올라왔고 당신에게 표출하기도 했습니다.
　다르게 살기를 갈망한 결혼이라 내 이상이 높았습니다. 내가 당신을 챙겨주면 나도 챙김받을 줄 알았으나 현실은 바라는 만큼 기댈 어깨를 내주지 않는 당신이라 쓸쓸했습니다. 감정적으로 한마디 하면 반격하는 당신의 말은 논리적으로 합당했습니다. 내가 당신에게 이해받으려면 많이 노력해야 했습니다. 객관적으로 말하려 육하원칙으로 표현해도 쉽지 않았습니다. 그러다 보니 내가 원하는 게 무엇인지 파악하려 노력했고 적절하게 표현하는 방법을 배워가는 결혼생활이었습니다. 당신은 내 스스로의 힘으로 존재해야 한다고 일깨워주는 스승의 역할을 했습니다. 각자 따로 존재하며 있는 그대로 인정할 뿐 더 해줄 게 없는 인생임을 배워가는 과정이었습니다. 당신과 부부라는 이름으로 힘들면 힘든 대로, 좋으면 좋은 대로 그냥 그렇게 각자의 자리에서 해야 할 일을 하고, 배우며, 걷는 시간이었습니다.

당신을 용서합니다. 마음으로 행동으로, 의식적이었든 무의식적이었든 간에, 나에게 상처가 되었더라도 당신을 용서합니다. 당신의 용서를 빕니다. 마음으로 행동으로, 의식적이었든 무의식적이었든 간에, 당신에게 어떠한 고통을 주었더라도 당신의 용서를 빕니다.

내가 챙겨줘서 기쁨이 많았고, 나에게 어깨를 내주고 싶었으나 전달이 잘 안 되어 답답했고, 다시 태어나도 나와 함께 있고 싶다는 당신의 마음에 감사합니다. 오랜 시간 손잡고 함께 걸어줘서 고맙습니다. 그 온기가 기억과 감촉으로 남았습니다.

내 건강과 상처, 불안들과 마주할 수 있도록 내 곁에 있어 줘서 고맙습니다. 당신의 어깨는 내주지 않아도 옆에 있어 줘서 큰 힘이 되었습니다. 사나운 바람에 휩쓸리기도 하고, 한 발짝도 더 내딛지 못할 것처럼 숨차하다가도 묵묵히 지켜봐 주는 당신이 있어서 내가 배우고 걸어온 것 같습니다. 당신이 좋아해서 샀던 달항아리에 꽃을 담을 때마다 우리 집이 화사했습니다. 우리가 함께한 시간도 나름 화사했던 것 같아 참 좋습니다. 감사합니다, 사랑합니다. 우리가 만나고 사랑하며 함께 지내온 모든 시간에 감사합니다.

죽음의 순간 딸에게

죽음의 순간 딸 너와 나눌 대화를 상상하며 이 글을 쓴다.

너는 내가 다르게 살 수 있다는 것을 경험시켜 줬어. 생각하고 망설이고 돌아설 한순간도 없이, 그렇다고 '내일' 혹은 '잠시 후'라는 것도 없이, 고스란히 '지금'에 집중하게 했어. 너를 임신하고 내내 진통하듯이 배가 아팠고, 출산 때도 8일이나 분만실에서 고생하여 엄마의 건강이 나빠진 것 같아서 미안하다고 했던 딸아, 네가 미안해할 일이 아니야. 나는 그 시간 동안 저항하지 않고 받아들이기를 배웠어.

8일 동안 분만실에서 진통이 심했는데 통증에 대한 두려움은 없고 너의 안녕을 바랐어. 내 몸의 통증보다 네가 중요했어. '너'라는 존재가 모든 것을 이겨내게 하더라. 8일 동안 진통하면서 화내지 않고, 두려워하지 않고, 사랑으로 물들이는 '잠재된 힘이 있는 나'를 알게 해줘서 고마워.

너를 보살피면서 예전 같으면 '내가 그걸 어떻게 하냐?'며 뒷걸음질 치던 일들에 대해 '해보자!'는 생각으로 바뀌었어. 내가 그어놨던 한계선을 넘어 묵묵히 걸을 수 있다는 것을 배우게 해줘서 고마워 딸아.

너를 보살필 때 최선을 다했지만 힘에 부치기도 했어. 온전히 더 사랑하기에 집중하면 좋았을 텐데 사회적 편견에 맞추려다가 우리 서로 고달픈 날도 있었어. 우리의 리듬과 속도가 달라서 박자를 못 맞추고 헤맨 적도 있었어. 엄마가 갈지之자로 헤매며 걸어서 미안해. 나로 인해 네가 불편했던 모든 것들에 대해 용서를 바란다. 나도 너에게 품었던 모든 불편을 용서할게.

네가 원하는 것을 표현하고 그 방향으로 한 발짝 한 발짝 걸어가며 만나는 것들을 통해 배우고 성장해 온 너에게 감사해.

네가 처음 독립해서 외국으로 교환학생 나갈 때가 생각난다. 네가 외국에 나가기 전에 따뜻한 시간으로 물들이고 싶었어. 포옹하고 맛있는 거 먹으면서 따뜻한 추억 만들고 싶었어. 너도 자주 엄마를 안아줘서 좋았어. 그리고 학교라는 울타리로 들어가서 경험하고 배우며 좋은 시간으로 물들기를 선택한 네가 멋져 보였어. 익숙한 환경을 떠나 낯선 곳에서 네가 어떻게 살아나갈지 기대하며, 매사에 한계 긋지 말고 많이 경험하고 배우며 지혜로워지기를 바랐어. 보는 각도에 따라 사람도 풍경도 다르고 너에게는 '선택하는 힘'이 있으니까 늘 멋진 선택하기를 바랐어. "사랑한다"는 말을 온 우주에 저장하고 싶었어. 너의 일상에서 힘없이 터벅터벅 걷게 되는 순간에도 이 세상에서 엄마 아빠는 네 편이라고 기억하기를 바랐어. 찬 바람 부는 날 엄마 품에 안기거나 아빠의 어깨에 기대고 싶을 만큼 따뜻한 온기로 존재하는 부모였으면 좋겠다는 생각도 했어. 일상은 힘이 없을 때도 있고, 에너지가 넘칠 때도 있어. 어쨌든 너의 오늘 일상이 모여서 너라는 사람의 역사가 돼. 지나간 어제가 마음에 안 들면 오늘 네가 원하는 모습으로 살아가기를 바랐어. 네가 외국에 나가서 잘 지낼 테니까 걱정하지 말고 엄마의 인생을 살라며 지지해 줘서 고마웠어. 너를 보살피던 나의 역할이 끝나고 각자의 자리에서 존재하는구나 싶었어.

공항에서 너를 보내고 집에 돌아와 보니 너의 따뜻한 편지와 선물이 식탁에 놓여 있었어. 그걸 보고 공항에서 삼켰던 눈물을 쏟고야 말았단다. 너의 사랑이 느껴지고, 잘 자란 딸이 고맙고 기특했어. 편지와 함께 있던 팔찌

3부 속을 들여다보면 사랑이

를 그날 손목에 하고, 6개월 후 네가 돌아올 때까지 한 번도 빼지 않았단다. 너와 연결된 끈 같아서 뺄 수가 없었어.

딸아, 살다 보면 생각하지 못한 일들과도 많이 만나지? 좋아 보이는 일이 끝까지 다 좋은 것도 아니고 나쁘게 보이는 일이 끝까지 나쁜 것도 아니더라. 어떤 태도로 마주하는지에 따라 달라지는 것 같아.

이제 엄마가 떠날 시간이 다 되었어. 생명 있는 모든 존재는 죽을 수밖에 없으니 엄마가 이 세상에 없다는 생각에 쓸쓸하지 않았으면 좋겠다. 자연의 순리에 따라 태어나고, 자라고, 성장하고, 열매 맺고, 시들고, 죽고, 거름이 되어 세상의 다른 생물들에게 나눠야지.

딸아, 이번 생에서 엄마의 딸로 태어나 줘서 고마워. 네가 앞으로 어떤 것들과 만나고 헤어지고 배우고 성장하며 살지 내 눈으로 더 볼 수는 없어도, 그 순간마다 집중하며 충만하게 살아갈 너에게 미리 박수를 보낸다.

사랑했다, 사랑한다. 그리고 엄마 몸이 사라지는 마지막 순간까지 너에게 사랑을 보낸다.

아주 멀리 가신 아버지에게

아버지 생신 축하드려요.

생일 축하 노래는 부를 수가 없네요. 아버지가 멀리 가셔서요.

그곳은 어때요? 거기서는 편안하셨으면……. 이 세상에서처럼 의심스럽고 못마땅하고 화나는 일 없이 매 순간이 평안으로 물들었으면…….

눈물이 납니다. 먹먹해서 주의를 모아 집중하기가 어려워요.

아버지가 멀리, 아주 멀리 떠나신 걸 알았을 때 멍해졌어요. 온몸이 꽉 뭉쳐서 숨이 안 쉬어졌어요. 비현실 세계에 떨어진 아득한 느낌…….

화장해서 아버지가 오래전에 준비해둔 납골묘에 모셨는데 아직도 큰소리로 통곡하지 못하고 숨죽여 꺼이꺼이 옵니다. 습관인가 봐요. 아버지는 늘 소리 지르셨는데 어머니나 우리 형제들은 찍소리도 내면 안 됐잖아요. 아픈 걸 속으로 삭이는 습관이 소리치고 울어야 할 때도 구석에 숨어 숨죽여 울게 합니다.

비가 내리려는지 꾸물꾸물합니다.

아버지가 화내셔서 일방적으로 기죽고 상처 입은 줄 알았는데 아니에요. 제가 무서워서 말해도 될 일을, 도움을 요청해도 될 일을 회피했던 거예요.

매일 화내는 아버지가 있는 집을 떠나겠다는 의지로 대학 졸업 즈음에 서울로 취직을 했어요. 친척 집에서 3개월을 지내다가 보증금이 없는 다락방을 구했어요. 허리를 펼 수 없는 낮은 다락방에 사는 데 언니들이 와서 보고는 마음이 아프다며 보증금을 마련해 줘서 5개월 만에 다른 집으로 이사했어요. 아버지는 한 번도 제가 어디서 기거하는지, 월급은 얼마나 받는지, 혼자 살면서 불편하지는 않은지 묻지 않았어요. 어쩌다 집에 가면 직장에서 발생한 일로 소리 지르다가 어머니에게 꼬투리 잡고 화내셨어요. 저는 그런 아버지와 한 공간에 있는 시간이 지나가기만 기다렸어요. 얼마 전에 어머니에게 여쭤보니 제가 다락방에서 허리도 펴지 못하고 산다는 말을 아버지한테 안 했대요. 언니들도요. 저도 말하지 않았으니 아버지는 몰랐나 봐요. 그런데 그 일이 제가 어떤 힘든 상황이어도 아버지는 관심 없으며 딸에 대한 배려나 사랑 따위는 없다고 결론 내고 마음의 빗장을 채웠어요. 생각해보면 취직할 때 아버지와 상의한 적이 없어요. 제가 결정하고 다니기 힘들면 퇴사하기를 반복했어요. 서울에서 직장을 그만두고 몸 아프고 생활비가 떨어지자 집으로 들어갈 때도 그러겠다고 통보했지 의견을 여쭤보지 않았어요.

제가 아버지를 피하는 데만 급급했어요. 아버지가 큰소리로 화내시면 제가 긴장해서 소화가 안 되고 현실에서 도망치고 싶으니까 멍때리거나 공상 속으로 숨곤 했어요.

아버지가 소리 지르지만 두려움이 많은 분이라는 걸 언젠가부터 깨달았어요. 그것을 마주하지 못하는 나약함이 있다는 것도요. 그런데 그 삶의 태도를 저도 가지고 있어요. 아버지가 화내는 게 무서워서 다른 지역으로 취직을 해서 방이 필요하고 살림살이도 있어야 한다고 말하지 못했어요. 그것들을 마련하려면 어느 정도의 돈이 필요한지 계산하지도 않았어요. 화내는 아버지에게서 도망칠 생각에 빠져서 문제를 해결할 방법을 회피했던 거예요. 제 삶의 문제를 마주하고 해결하지 못했던 게 두려움 때문이라는 것도 알아차리지 못했어요.

땅에 발 디디고 살면서 순간순간 발생하는 사건들을

마주하고 받아들여야 하는데 아버지는 모든 것에 화를 내며 거부했고, 저는 문제를 해결해 나갈 방법을 피했어요. 태어나 성장하면서 때때마다 배우지 못해서, 어린 시절 충족되지 않은 결핍을 오랫동안 상처로 붙잡고 있었어요. 무섭다는 생각에 사로잡혀 해결할 방법을 찾지 못했어요.

문제를 회피하면서 아버지를 외롭게 해서 죄송해요. 제 삶의 중요한 부분을 함께 고민하며 현실의 땅에 발 디딜 수도 있었는데 곁을 내드리지 않았어요. 아버지가 화내시면 얼른 끝내시고 주무시기만 기다렸어요. 40대 중반부터 수면제에 의존하며 잠드셨기에 언제 약 드시나 기다리기도 했어요. 어머니와 아버지가 떨어져 살던 1년여 동안 전화하셔서 의처증 망상을 펼치시면 전화 끊을 궁리만 했어요. 죄송해요, 아버지.

지금 우리 가족에게 당면한 문제가 무엇인지 말하고 싶을 때도 있었지만 아버지가 받아들일 준비가 안 되어 있다는 이유로 입을 다물었어요. 기회를 드리지 못해서, 아버지가 살아 계신 동안 화내신다는 이유로 늘 외면해서, 죄송해요.

아버지를 통해 인생을 어떤 태도로 살아가야 할지 배우고 있어요. 괴로움이 아니라 사랑과 감사를 선택할 수 있다는 걸 배우고 있어요. 저에게 배움의 장을 열어주신 아버지 사랑하고 감사합니다. 아버지의 인생으로 저에게 스승 역할을 하느라 수고하셨어요. '이렇게 살면 괴롭다'는 것을 몸소 보이시느라 많이 고단하셨지요? 고단했을 아버지의 인생에 미안해요. 저도 고단해서 아버지의 외로움을 받아들이지 못했어요. 죄송해요. 저를 고단하게 하셨던 것들을 용서합니다. 그러니 먼 길 가시며 후회하지 마시고 훨훨 가세요. 가족들을 향한 원망의 칼과 도끼를 버리고 가볍게 가세요.

괴로움을 몸소 실천하느라 팍팍했을 아버지의 삶에 가슴이 아픕니다. 가족들을 원망하는 말을 남겨두고 스스로 선택하신 마지막 순간이 어땠을까 싶어요. 남아 있는 가족의 슬픔처럼 마지막 순간의 그 고통이 고되지 않았을까 싶어서 마음이 아파요. 제가 원하는 게 아버지에게 사랑받고 사랑하기라는 것을 깨닫고도 어떻게 접근해야 할지 망설이다 피했어요. 아버지도 가족들과 어떻게 사랑해야 하는지 모르셨던 것 같아요. 우리의 인연이 이렇게 끝나지 않았으면 좋았을 텐데 안타까워요. 전에 친정집에서 아버지를 안아드리니까 가만히 계셨어요. 헤어질 때 손을 잡아주기도 했어요. 우리가 그런 순간들을 더 많이 나눴으면 좋았을 텐데 마음이 아립니다. 좋은 걸 선택할 수 있는 자유가 아버지에게도 있었는데 안타깝습니다. 부디 아버지 가신 그 자리에서는 좋은 걸 선택하고 사랑과 기쁨이 충만하기를 바랍니다.

아버지, 죄송합니다.
아버지, 용서하세요.
아버지, 사랑합니다.
아버지, 감사합니다.

우울한 날, 카페에서

휴대전화에 있는 아버지의 사진을 본 뒤로 부대낀다. 아버지가 돌아가시고 기도하는 마음으로 지낸다. 불안한 나날을 살아가신 아버지의 죽음 너머가 평안하기를 바란다. 함께 존재했으나 서로에게 따뜻한 기억보다 불편함이 많았다. 그 불편함을 기억하기보다 기도로 물들이려 노력하는데 아버지의 사진 몇 장을 본 뒤로 몹시 부대낀다. 요즘, 아버지가 떠오르면 '미안합니다, 용서합니다, 사랑합니다, 감사합니다' 정화하기 문구를 읊조리며 생각의 꼬리물기를 정지한다. 그런데 오늘은 그게 잘 안된다.

마음이 자꾸 다운되어 카페에 왔다. 아침 열 시에 오픈한 카페는 금새 사람들이 차고 있다. 유명한 카페에서 차를 마시기 위해 모인 사람들이 많다. 내 뒤쪽에 앉은 사람들이 부동산 이야기가 한창이다. 집값이 오르면서 갈아타기를 어떻게 할지 고민이 많은 것 같다.

카페에 두 번째로 입장한 내가 숲을 바라볼 수 있는 자리에 앉았다. 넓은 카페에서 구석진 자리라 숨은 느낌도 들고 창문 너머로 나무들이 보여서 편안하기도 하다. 눈이 시큰하다. 눈물이 쏟아질 것 같다. 눈을 깜박거려서 눈물을 말린다. 펑펑 우는 게 나을지도 모르지만 여기는 사람들이 많은 카페라 참는다.

내 뒤쪽 자리에 앉은 여자분들이 부동산 이야기에서 아이들 이야기로 주제가 바뀐다. 간간이 남편과 부모님에 대한 말도 들린다. 사람의 관심 대상이 집, 부모, 아이, 남편의 울타리 속에서 쳇바퀴를 도나 싶다. 나도 그 주제들 속에서 윤회하고 있다. 오늘은 아버지가 대상이다.

내 몸과 마음이 부대껴서 마음공부를 했다. 가난하고 심리적으로 불안하던 어린 시절의 아이가 내 속에 살면서 수시로 떼를 쓴다. 사랑받고 싶은 욕구를 인정하고 토닥거리지만 화낼 때가 있다. 화내는 나를 알아차리고 지켜보면 사랑에 대한 욕구의 표출이었음을 깨닫곤 한다. 그러면서 아버지 속에도 사랑받고 싶은 떼쟁이가 있다는 것을 인식했다. 아버지는 사랑받고 싶은 욕구를 화내는 방식으로 표출했다. 어머니와 나를 비롯한 형제들은 그런 아버지를 어떻게 대해야 할지 몰랐다. 대부분 피하는 방식이었다. 눈치 보고 도망치는 가족들 앞에서 아버지의 화는 더 커졌다. 우리는 우리대로 고달팠고 화내는 아버지도 해소되지 않는 감정들 때문인지 의처증이 극심해지고 다른 사람 말은 듣지 않는 노년의 생활이었다.

매사에 못마땅하다고 화내던 아버지는 죽음도 원망으로 채웠다. 아버지의 장례를 치르고 집에 가서 정리하는데 거실, 방, 장롱, 침대 등에서 아내와 자식을 원망하는 글이 나왔다. 살아계실 때는 살벌한 분위기와 언어폭력으로 가족을 쩔쩔매게 하더니 돌아가시고는 아버지 스스로 선택하는 죽음을 막지 못한 죄인으로 만드셨다. 사랑받고 싶으면 본인도 가족을 사랑해 주면 좋았으련만 괴로움으로 채우셨다. 살아계실 때 아버지도 우리도 괴로웠는데 스스로 이 세상 떠나면서 죄인의 틀 속에 살라고 한 번 더 화내신 것 같다.

어쨌든 아버지는 돌아가셨다. 나는 어린 시절부터 겁이 많고 기저에 불안이 있지만 인생을 책임져야 한다는 것을 안다. 내가 안전하다는 것, 내가 선택할 수 있다는 것을 마음공부와 명상을 통해 배우고 있다.

아버지의 죽음을 대면하며 경계를 세우고 있다. 아버지는 아버지고 나는 나다. 사랑받고 싶으면서 화내는 아버지를 돕지 못했다는 후회가 있지만 그 마음을 인정하고 멈추려고 한다. 내가 후회한다고 돌아가신 아버지의 육체가 돌아오지 않는다.

아버지를 원망하지 않는다. 사랑받고 싶은데 화내는 방식이 얼마나 괴로운지 삶으로 보여주던 아버지가 스승이기 때문이다. 아버지는 마음이 괴롭더라도 좋은 걸 선택할 줄 아는 용기가 있어야 인생을 아름답게 물들인다는 것을 나에게 보여주셨다. 내가 원하는 것이 무엇인지 고민하게 하셨다.

나는 아름답게 살고 싶다. 부대끼고 울적하지만 그런 나를 인정하고 카페에 나와 글을 쓰는 이유는 분위기를 전환하여 부대낌과 정면으로 마주하고자 함이다. 이것은 마치 몸이 아플 때 통증이 나타나고 사라지는 사이에 틈도 있음을 관찰하는 것과 같다.

부대낌이 활개를 치자 아버지의 죽음뿐만 아니라 매사가 불만으로 보여서 당황스러웠다. 하지만 카페에서 아버지는 아버지고 나는 나라는 것을 다시 한번 인식하자 호흡이 안정된다. 괴롭지도 않고 기쁘지도 않다. 무엇이 문제인지, 원하는 바가 무엇인지, 관찰하고 선택하는 힘이 나에게 있음을 깨닫는다.

햇살 속에서 눈물 흘리며 충만하다

"누군가 너무나 살고 싶었던 '오늘'을 충만한 햇살 받으며 살고 있습니다. 감사합니다."

아침나절 거실 창으로 들어오는 햇살이 찬란하고 따뜻하다.

다리 수술하고 9년 만에, 돌아가신 아버지의 생신날부터 양반다리가 된다. 거실에서 양반다리로 명상을 했다. 눈을 감았지만 햇살에 눈부시다. 양반다리를 하면 몸이 뒤로 넘어가려 하고, 골반 부위에 통증이 느껴지지만, 하루에 10분씩은 의도적으로 자세를 취해서, 다리와 몸이 기억하기를 바란다. 사타구니의 뻐근함과 골반 부위의 파르르 떨리는 느낌을 수용하고, 뒤로 넘어가려 흔들리는 몸의 중심을 잡고자 발목을 손으로 잡는다. 간지럽고 따가운 코 주변의 감촉을 지나, 호흡이 기관지를 타고 배꼽 주변으로 내려가, 내 배가 불룩해졌다가 엉치 쪽으로 당겨진다. 최근에 본 영화의 한 장면이 떠오르다 사라지고 '누군가 살고 싶었던 오늘'이라는 생각이 떠오르게 하는 '앎, 여자의 일생' 다큐멘터리(KBS스페셜, 2018년) 영상도 떠오르다 사라진다. 호흡에 주의 모으자 사라진다. 호흡의 들어오고 나감에 주의 모으고 있는데 코 끝이 찡해지고 눈물이 흐른다. 눈물을 줄줄 흘리면서도 편안한 상태에서 빠져나오기가 싫다. 명상하며 '싫은 감정에 끄달리는 나'를 관찰하는 경우가 많았는데 눈물 나지만 괴로움이 없는 '편안한 나'를 보니 좋다. 명상 배울 때 선정의 상태를 맛보면 거기에 집착한다는 말을 들었는데 비슷한 상황인가 싶다. 그냥 명상 상태에 머무르고 싶지만 발저리고 너무 오래 양반다리 하고 있다는 부담감이 들어서 멈춘다. 시계를 확인해 보니 총 24분 동안 양반다리를 했다. 다리를 손으로 쓰다듬으며 감사를 전했다. 마르지 않은 눈물은 흐르는 대로 두고……

'누군가 살고 싶었던 오늘'이라는 생각은 4기에 발견된 암이 온몸에 전이된 여자가 유치원 다니는 딸이 스무 살 될 때까지만 살게 해달라고 기도하던 영상이 떠올라서다. 딸과 함께 있는 시간을 귀하게 여기고 사랑으로 물들이려는 태도가 가슴을 먹먹하게 했다. 딸에게 아픈 모습만 보여줘서 안타깝다며 직장에 복직해서 할 수 있는 최선을 다하는 모습을 보면서 사람에게 한계라는 게 있을까 싶기도 했다. 어떤 어려운 치료법이라도 딸 곁에 같이 있고 싶다는 소망으로 견디던 여인의 모습은 사랑으로 가득했다. 병원에서 치료를 위해 아무것도 할 수 없는 상황에서도 '엄마'가 필요할 딸을 위해 살고 싶어 하던 그녀는 죽음이 다가오는 중에도 딸에게 괜찮다고 했다. 죽음의 순간 그녀의 딸이 '엄마 사랑해, 이제 아프지 마'라고 말할 때 초등학교도 입학하지 않은 아이의 눈빛은 눈에 보이는 것 너머의 뭔가에 닿아 있는 듯 아렸다.

명상을 마치고 몸을 풀어주면서 '누군가 살고 싶었던 오늘'이라는 말이 떠오르게 한 다큐멘터리 영상을 더 기억하다 신음까지 내며 운다. 내 속에서 올라오는 감정의 실체가 무엇인지 정확하게 모르지만 쏟아지는 눈물을 참을 수 없다. 직접 만난 적은 없는 사람이지만 어떤 끈으로 연결된 듯하다.

몇 년 전 두 곳의 병원에서 연달아 3주를 입원한 적이 있다. 처음 입원한 곳에서 일주일쯤 있었는데 몸 상태가 더 나빠졌다. 처음 통증이 나타났던 목에서 다른 부위로 더 확장되며 밥 한 수저를 먹을 수 없었다. 여러 과의 의사들을 만나고 검사를 했지만 통증은 더 극심해져서 다른 병원으로 옮겼다. 밥 한 수저를 먹는 건 여전히 어려웠고 통증의 원인을 발견하지 못했다. 여기저기 수치들이 들락날락은 해도 딱히 어떤 병이라고 이름 붙일 수 없는 상태였다. 퇴원할 무렵 의사는 나의 감정 상태에 대해 많이 질문했다. 우울감이 느껴질 때는 어떻게 하는지 등이었는데 결론은 지금처럼 내 마음 잘 알아차리고 토닥거리는 것이 좋다고 했다. 혹시 더 힘들어지면 상담을 받아보라고 권유했다. 병원에 의존해서 내가 왜 아픈지 알고 싶었는데 마음을 확인하는 것을 보며 몸을 위해 다른 방법을 찾아야겠다고 생각했다. 아프면 병원으로 가던 습관을 멈춰야 할 시점임을 깨닫는 3주였다.

퇴원 후 대체의학을 시작했다. 그동안 먹던 진통제와 항생제 등의 모든 약을 멈추고 나는 극심한 명현현상瞑眩現象을 겪었다. 고열이 나고 위장 경련처럼 시작한 통증은 온몸으로 퍼져서 누울 수도, 앉을 수도 없었다. 대체의학 선생님이 집으로 찾아와서 통증 완화에 도움이 되는 오일을 발라주기도 했다. 딸은 울면서 병원으로 가자고 했다. 몸을 가누지 못하고 어정쩡하게 엎어져서 통증에 시달릴 때 남편이 몸을 잡아주는데 따스했다. 그 온기가 퍼지며 통증이 완화되는 느낌도 들었다. 그렇게 몇 달 동안 통증이 발생했다가 사라지고 또 다른 통증이 나타났다가 사라지는 경험을 하며 나는 몸의 관찰자로

거듭났다. 일주일 넘게 극심한 편두통으로 낮이고 밤이
고 잠도 잘 수 없어서 괴롭기도 했다. 나는 머리를 얼음
주머니로 눌러주면서 몸의 에너지와 관련된 책을 읽었
다. 몸의 에너지를 이해하고 통증을 수용하려고 몸부림
쳤다. 통증을 받아들이고 인정할수록 괴로움에서 벗어
났다. 통증과 통증 사이에 틈이 있다는 것을 관찰했다.
그리고 나와 남편, 딸이 어떤 끈으로 연결된 느낌이 들
고 어느 순간부터 쌓고 있던 벽이 허물어지는 시간이었
다.

　오늘 실컷 울고 몸과 마음이 평안하다. 충만하다는 표
현이 더 어울릴지도 모른다. 매 순간을 알아차릴 뿐이라
는 말이 떠오른다. 가슴에 온기가 퍼지고 사랑 에너지가
느껴진다. 햇살이 충만하다. 헛헛할 때는 그 따스한 감
촉으로 위로받았는데, 오늘은 뭔가 연결된 듯하고, 눈물
이 흐르고, 충만함이 차오른다. 다큐멘터리에서 눈에 보
이는 것 너머를 보는 듯했던 아이가 사랑 속에서 평안하
기를 바란다. 말로 설명할 수 없는 충만함이 햇살처럼
감긴다.

좋은 시간으로 물들이기

"좋은 시간으로 물들이자."

하루를 시작하며 나에게 한 말이다. 좋은 말로 시작해서인지 남편과 외출해서 좋다는 말을 많이 했다. 미산저수지 드라이브 하면서 '좋다', 동도사 정자에 앉아 나무들과 가까이 있으니 편안하고 저수지 전망이 '좋다', 미리내 성지의 오래된 성당이 따뜻하고, 그 주변 산책하는 게 '좋다', 식당에 갔는데 어머니가 해준 반찬처럼 담백하면서도 집밥 같은 식사가 '좋다', 저수지를 편안하게 바라보며 차 마실 수 있는 카페에서의 시간이 '좋다'. 이 모든 것을 남편과 함께 누리며 편안해서 '좋다'. 집으로 돌아와서 남편은 청소하고 나는 세탁기를 돌리며 일상을 챙겨나가는 시간도 '좋다'. 남편과 좋은 시간으로 물들어서 좋다.

딸이 교환학생으로 유럽에 가기 전의 일이 기억난다. 어떤 시간으로 물들일지 방향을 잡는 게 중요하다는 걸 경험했던 시간이다.

딸이 유럽에 교환학생으로 떠나기 전에 나의 감정 상태가 태풍 불기도 하고, 뿌연 먼지 가득 뒤집어쓰기도 하고, 바람 불고 비가 쏟아지기도 했다. 스무 살 넘은 딸을 잘 독립시키고 싶다는 마음과 아직은 내가 딸에게 필요한 존재라고 인정받고 싶은 마음이 섞여서 감정이 요동쳤다. 머리로는 딸을 독립시킨다고 하면서 가슴은 품에 안으려고 했다.

원하는 게 무엇인지, 중요한 게 무엇인지 알아차리기가 어려웠다. 딸이 어떤 모습이어야 한다는 기대와 바람으로 기울어진 날은 별거 아닌 말에도 날카로워졌다. 그러면서도 나는 엄마니까 딸을 사랑해야 한다는 의무감이 들고 뭔가 챙겨줘야 한다고 생각했다. 스무 살 넘은 딸이 내게서 독립하는 것보다 마흔 살 후반의 내가 딸에게서 독립하기가 어렵다는 생각이 들었다.

딸이 비행기 타러 가야 하는 날이 가까워질수록 내가 원하는 것을 찾으려고 필사적으로 노력했다. 불편하게 요동치는 상태로 딸을 보내면 후회할 것 같았다. '바람' 이라는 프레임에 갇혀 '조건을 따지고 있는 나'를 발견하고 '아차!' 했다. 딸과 처음으로 떨어져 살게 되는데 조건 따지다가 중요한 걸 놓치면 두고두고 가슴이 아플 게 뻔했다. 그래서 딸과 함께 사랑으로 물들기로 방향을 잡았다.

그랬더니, 늦잠 자는 딸을 깨우는 것도 안타깝고 잘해 주고 싶은 에너지가 가슴에 차올랐다. 사랑으로 물드는 시간을 보내고 싶다는 마음 때문인지 온전하게 나와 딸을 인정하려고 했다. '내가 원하는 것이 무엇인지 잘 모르면서 주변 사람에게 바라면 서로에게 상처가 될 뿐이다. 나는 나대로 굳건히 서고 딸을 있는 그대로 인정해 주자.'며 따뜻한 시선으로 바라보았다. 딸이 떠나기 전에 따뜻하게 포옹하기를 많이 했다. 먼 곳에서 생활하며 때로 힘겹더라도 그 따뜻한 온기를 몸의 어딘가에서 기억할 수 있기를 바랐다. 딸이 떠난 후 그 빈자리를 나의 후회로 채우고 싶지 않았다. 늘 좋은 기운으로 딸에게 열려 있는 엄마이기를 원했다. 우리가 멀리 있어도 서로 응원하고 지지하기를 원했다. 딸이 좋은 경험을 통해 지혜로워지고 삶을 더 풍요롭게 살아가기를 기원했다.

오늘은 나의 생일이다. 내 생일인 게 참 좋다. 스스로를 축하하는 마음, 그동안 애썼다고 격려하는 마음이 든다. 삶의 태도가 청정하고 고요히 들여다보려고 해서 안아주고 싶다.

몸이 아프거나 가진 것이 별로 없는 모든 것들에 대해 부족하다고 여기고 상처로 기억하던 습관이 있어서 때로 불편하지만 그것들을 관찰하고 바라보는 내 태도가 아름답다. 불편을 알아차리고 도망갈 생각 없이 가만히 지켜봐서 보기 좋다. 흔들거려서 못마땅하다고 말할 때도 있지만 흔들리고 있음을 알아차리고 있는 모습이 좋다.

'나'를 이룬 대부분이 외로움, 우울, 두려움 같았다. 그 어둠에 갇혀 답답할 때도 있지만 명상하며 수시로 흘리고 있는 눈물로 녹여낸다. 몸과 마음이 수시로 처지지만 저항하지 않고 받아들이는 횟수가 많다. 눈앞에 보이는 불편에서 벗어나려 다른 부분으로 넘어가려고 서두르지 않고, 일상에 주의를 모으고 명상한다. 눈물이 나면 울면서 단단한 돌덩어리를 녹이고 있다. 내가 녹이겠다고 의도해서 우는 게 아니라 그저 눈물 나면 눈물을 흘린다. 햇살 앞에서 감동적인데 명상하며 눈물이 줄줄 흐르기도 하고, 평안하고 충만한데 울기도 한다. 슬픈 기억도 없고 화나지도 않았지만 무턱대고 눈물이 날 때는 내가 의식하지 못하는 어둠을 녹이고 있는 것 같다.

생일 밥상을 차려준 남편과 딸도 있고 모바일 케이크를 보내주는 자매와 친구도 있다. 나의 생일을 기억해주고 챙겨주는 사람들이 있어서 감사하다. 주변의 챙김에 진심으로 감사하니까 더 따뜻하고 충만하다. 좋은 방향을 바라보고, 사실을 사실대로 받아들이고, 청정하게 지내려는 내가 아름답게 물드는 느낌이다. 삶이 좋은 시간으로 물드는 느낌이다.

첫눈 내리는 날, 인연

시공간을 함께 나눈 사람들이 있다. 그러나 지금은 존재 자체를 잊은 사람도 있고, 불편한 마무리로 끝난 사람도 있고, 여전히 인연因緣이 되는 사람도 있다. 기대하지 않은 사람과 꾸준히 관계를 맺기도 하고 첫 만남은 기대되었으나 기억에서 조용히 사라지기도 했다. 살면서 문득 떠오르는데 연락할 방법이 없거나, 기억을 다시 접는 사람도 있다.

인연들과 앞으로 어떤 변화를 겪게 될까? 지금은 인연이 끊어졌다고 생각되는 기억 속의 사람들과도 앞으로 어떻게 연결될지 모른다. 사람과의 인연은 나타났다 사라지는 것인가 싶다. 다만 그 과정에서 내가 부대끼기도 하고 기뻐하기도 할 뿐이다.

모든 인연에 진실하고 정성을 다해야겠다는 생각을 하며 창밖을 보니 첫눈이 내린다. 내 나이 사십 대 후반에도 처음 맞이하는 눈에 설렌다. 뭔가가 가슴을 간질이기도 하고 코끝이 찡하다. 오래전 약속이라도 기억난 듯이 뛰쳐나가 어디론가 가고 싶다. 누군가와 말없이 앉아서 온 무게를 실어 서로의 삶을 공감하고 싶다. 코끝이 찡하면서 눈물이 왈칵 쏟아진다.

바람결에 눈들이 사방으로 날리다가 나뭇가지와 아직 떨구지 않은 이파리에 살포시 기댄다. 혼자 맞이하는 첫눈이다. 그래도 설렌다.

20여 년 전 남편과 처음 만났을 때 스쳐 지나면 후회할 것 같은 느낌이었다. 운명 같은 설렘으로 만나 100일마다 1000일까지 기념했다. 이보다 더 아름다운 순간이 없을 만큼 특별하게 물들였다. 서로에게 해줄 수 있는 선물을 하고 여행도 하며 빛나는 사랑을 했다.

서로의 사랑만 있으면 행복할 줄 알고 결혼해서 뜻밖의 장애물과 만나며 '신랑'이라는 말이 '남편'으로 변했다. '내 편'이기를 바라지만 '남의 편'이다. 나와 함께 걷지만 '나'가 아니라 '남'이다. '남'이라는 말의 어감이 차가웠는데 모든 인연이 '남'이면서 연결고리가 있을 뿐이다. 이 사실을 일찍 깨우쳤으면 나날이 더 편했을 텐데 사십 대 후반에야 온전히 이해했다.

남편으로부터 눈이 내린다는 메시지가 왔다.

얼마 전에는 남편에게 깊은 외로움을 느끼며 울었는데 오늘은 내가 남편 덕 보고 산다는 생각이 든다. 남편의 소득으로 의식주를 해결하고 가끔 여행도 한다. 내가 공주처럼 대접받으며 살 생각은 없었지만 자주 아프고 기운이 없어서 10년쯤 전부터 욕실 청소는 남편의 몫이다. 집에서 식사하면 설거지도 해주고, 함께 외출하면 짐도 들어준다. 이렇게 남편의 덕을 보는 게 많지만 나는 가끔 서운해했다. 기대서 쉬고 싶을 때 어깨 내주지 않는 남편의 태도에 사랑받지 못하는 느낌이 들어서다. 사랑에 대한 미련未練이다.

우리가 부부라는 인연을 이어가는 이유는 부대낄 때도 있지만 함께 있어서 좋은 점이 있어서일 거다. 옆에서 함께 걷는 사람이 있어서 '혼자'라는 두려움을 떨쳐내고 때로는 웃기도 하며 산다. 얼마 전에는 괴롭게 느껴지던 남편과의 관계가 오늘은 감사하다. 눈이 내린다고 메시지 보내주는 따스함에 감사와 사랑으로 물드는 느낌이다.

나도 첫눈이 내려서 설레고 남편 덕을 보며 산다는 답장을 보냈더니 근사한 곳에서 저녁 식사를 하자고 한다. 첫눈 오는 날 데이트하자며……

한 해의 마지막 날

어떤 날에 대한 의미부여가 마음먹기에 따라 다르다. 내가 그날이 특별하다고 생각하면 의미를 부여해 가며 기념하고 싶어지고 그저 그런 일상으로 취급하면 지루하기도 하고 별거 아닌 날이 된다.

한 해의 마지막 날 좋은 시간으로 물들고 싶은 지인과 만났다. 명상하고 일상 속에서 몸과 마음을 챙기며 아름답게 살기를 원하는 삶의 방향이 비슷해서인지 편안하고 따뜻했다. '지금'에 존재하며 사랑으로 물들이는 따뜻함이 서로에게 전달되어 충만했다. 한옥마을의 조용하고 고즈넉한 찻집에 앉아 그곳에 존재하는 자체만으로도 좋은 추억이 쌓였다.

『그리스인 조르바』의 작가 니코스 카잔차키스의 '나는 아무것도 바라지 않는다. 나는 아무것도 두려워하지

않는다. 나는 자유다.'라는 묘비명에 대해서도 이야기
했다. '마지막' 죽음을 기억하고 살면 '지금'에 더 온전
히 깨어있게 되고 욕심을 내려놓고 두려움 없이 자유를
누리게 되는 것 같다. 우리가 함께 있던 그 순간 서로에
게 초점을 맞추고 귀 기울이며 자유를 만끽했다. 내 인
생의 몇 시간이 이렇게 충만해서 감사하다.

　식사하러 갔을 때 몇 년 만에 만나도 반가운 사람과
마주쳤다. 기쁘게 인사하는데 지인이 만나고 있는 사람
을 내가 오늘 함께하는 지인이 아는 분이었다. 크로스로
아는 사람을 우연히 마주하고 연결된 끈이 우리의 삶에
서 작용하는 듯했다.

　한 해의 마지막 날이라고 친구들이 소식 전해줘서 감
사하다. 한 친구가 20대 초반의 사진을 메시지로 보내
줘서 풋풋하던 그 시절의 얼굴을 보며 웃음이 났다. 함
께 독서 모임 하는 분이 나를 위해 준비한 다이어리를
예쁘게 포장해서 우편함에 꽂아놔서 행복하다. 받는 기
쁨이 큰 선물이다. 좋은 인연으로 종종 만나는 사람들과
의 새해 만남이 약속돼서 기쁘다. 직장이라는 울타리를
벗어났어도 올 한해 수고했고, 내년에 좋은 일 생기기를
기원해주는 인연이 있어서 감사하다. 예전에 한 직장을
다녔다기보다 좋은 친구 같은 느낌이다.

　서울로 외출하고 돌아와 피곤할 거라며 버스정류장에

자동차를 끌고 마중나와 주는 남편의 따뜻한 태도에 감사하다. 남편이 카시트 열선도 따뜻하게 해놔서 차에 타자마자 포근했다.

내 주변의 좋은 사람과 만나거나 통화하거나 메시지로 소식을 나눈 하루다. 예상하지 못한 여러 사람이 주위에 있고 그들과의 인연이 소중함을 깨닫는 하루다. 한 해의 마지막 날인 오늘이 더 의미 있게 느껴진다. 내 주위에 좋은 사람들이 있어서 감사하다. 인연이 소중하고 기쁘다. 그들과의 관계에 미소를 짓는 한 해의 마지막 날이 좋다.

'오늘 만족합니다.'라는 말이 떠오른다. 나를 토닥여 주는 손길이 있는 듯하다. 내가 사랑 속에 존재하는 느낌이다.

하루하루 내 역할이 어떠해야 한다는 틀을 내려놓고 '나'를 있는 그대로
지켜보는 연습을 하고 있다. 똑같은 순간은 없으니 깨어서 아름답게 물
드는 '지금'을 살고 싶다

고요해지는 감사

'호흡'이라는 지팡이

열이 나고 머리가 아프다.

몸과 마음을 돌보고 좋은 시간으로 물들이는 하루를 살기로 아침에 주의를 모았으나 여의치가 않다. 하루의 시간이 몸의 괴로움으로 채워지고 있지만 '마주하기'를 선택한다.

말하면 숨이 차다. 그냥 앉아 있어도 호흡이 매끄럽지 못하다. 명상할 때도 명료하고 맑은 느낌이 아니라 흩어지고 어수선하다. 영양크림을 발랐지만 얼굴이 따갑고 당겨서 한 번 더 듬뿍 바른다. 물을 마시고 명상하며 호흡으로 기운을 채워보려 했지만 체온이 38도가 넘는다. 설사를 한다. 며칠 전부터 대변이 묽다.

몸에 열나는 느낌이 계속되고 있다. 열이 나서인지 기

운이 없고 처지는 느낌이다. 오른쪽 머리가 지끈거린다. 지난주 내내 체온이 37.5도가 넘는다. 그러면서 머리가 지끈거리곤 했다.

지난 한 주 동안 서울에 있는 인문학공동체에 공부하러 다녀오고, 몇 년 만에 은사님을 만나러 다녀오고, 일 년에 한 번씩 만나는 모임 친구들이 우리 집에 왔었다. 다른 사람들과 일정을 맞추다 보니 나에게 너무 벅찬 일정인 것을 알면서도 수용해야 했다.

어젯밤에는 자다 깨기를 수없이 반복하며 왼쪽 귀 주변으로도 통증이 느껴지고 속도 메슥거렸다. 생생한 통증의 감각에서 도망치고 싶었다. 하지만 도망칠 수가 없어서 팔을 데워 아픈 부위에 대고 통증을 온전히 느꼈다. 배꼽 주변에 주의를 두고 호흡했다. 들숨이 배로 내려가기 전 뒷머리가 뭔가로 쑤셔지는 느낌이 들었다. 가슴 언저리에서 호흡이 흐트러지면서 뒷머리로 온 신경이 모였다. 그 상황에 호흡명상을 하는 이유는 통증을 온전히 바라보고 감각이 변화하는 것을 관찰하기 위해서다. 그 변화를 지켜보고 있으면 통증이 나타났다 사라지는 것과 통증과 통증 사이의 틈이 보인다. 어느 순간 통증과 내가 분리되고 숨을 쉴만해 진다. 아픈 감각으로 괴로울 때 내가 할 수 있는 최고의 방법이 호흡에 주의를 모으는 것이다.

인생을 살면서 이 정도의 관계는 맺고 살아야지 하는 생각에 무리하자 뒷머리 통증이 발생했다. 몸은 자기를 보살펴 주지 않았다고 대단히 떼가 났다.

공부하러 서울 갈 때 차창 밖을 쳐다보고 있으면 어지러워서 눈을 감고 호흡에 주의를 모아야 한다. 내 작은 에너지로 사람들과 마주할 때도 세심한 주의가 필요하다. 나의 타고난 에너지를 나 몰라라 하다가 몸이 이 지경으로 괴로운 상태가 되어 미안하다. 열 떨어지고 두통 사라지라고 화낼 게 아니라 몸을 함부로 다뤄서 미안하다고 사과해야겠다. 아픈 감각을 겪기로 한다.

"몸아, 사용할 수 있는 에너지를 초과하게 해서 미안해. 열과 두통으로 그 사실을 인지시켜줘서 고맙다. 그리고 호흡에 주의 모으고 몸을 관찰할 수 있게 해줘서 고마워."

나는 다시 몸과 마음을 돌보고 좋은 시간으로 물들기로 한다. 아침에 깼을 때 맑은 콧물이 줄줄 흘렀다. 정오쯤부터 콧물은 안 나는데 목이 마르다. 어젯밤 극심했던 두통은 여진처럼 자신의 존재를 알려주고 있다. 종종 머리가 뭔가에 붙잡힌 채 흔들리고 쑤셔지고 내리쳐지는 것 같다. 그럴 때 몸이 부르르 떨린다. 호흡과 통증이 뒤범벅이다. 물병을 가까이 두고 물을 자주 마신다. 화장실에 수시로 다니고 있다. 또 설사했다. 내가 인식하지 못하는 곳의 염증을 치유하고 순환하기 위해 몸이 열심히 싸우고 있다. 몸을 위해 물을 마시고 배꼽 주변에 호흡을 모은다. 통증에 내 모든 감각과 감정이 휩쓸려가지 않도록 지팡이 하나 들고 서 있는 것 같다.

고단하지만 '호흡'이라는 지팡이를 통해 열과 두통을 마주할 수 있어서 감사하다. 이 지팡이가 없으면 나타났다 사라지고 멈추기도 하는 통증을 관찰할 수 없어서 무서웠을 거다. 무서우면 진통제에 의존하며 다른 존재가 내 삶을 책임져 주기를 바라는 쳇바퀴에서 내리지 못했을 거다. 그러니 호흡에 주의 모으고 몸의 통증을 관찰하며 내 힘으로 서 있는 지금이 감사하다.

위로와 공감이라는 음악

위로와 공감은 따뜻한 눈으로 바라보고 귀 기울이는
게 다인지도 모른다. 리듬과 속도를 잘 맞추면 아름다운
화음이 된다. 이 리듬과 속도는 그냥 맞춰지는 게 아니
라 마음을 모아 집중하는 자세가 필요하다.

몸의 여러 불편한 증상들과 마주하고 살려니 버겁다.
위로받고 싶다. 책 읽고 공부라도 하며 사람들과 소통하
고 싶은데 만만치가 않다. 몸이 견디지 못해서 직장 다
니는 것은 고사하고 내 마음을 위로해 주는 공부를 하러
다니기도 어렵다. 이럴 때는 어떤 선택을 하는 게 좋을
지 누군가와 대화하고 싶다.

나의 마음을 알아차리고 지인에게 전화했다. 반갑게

전화 받아주는 지인에게 내 상황을 설명했다. 지인은 공부를 시작했는데 수업에 참여하러 서울에 다니는 게 고단하다는 걸 인정해 줬다. 그리고 공부가 새로운 것을 받아들이는 데 도움이 되고 활력이 된다면 몸이 지치지 않도록 조절하면서 욕심내지 말고 해보라고 용기를 주었다. 전에 함께 수업할 때도 몸 상태 힘들었는데 내색하지 않고 늘 웃던데 지금도 그러냐며 연민과 사랑으로 감싸주었다. 통화하며 내 상황을 인정하고 나를 오롯이 봐주는 눈길이 느껴져서 눈물이 핑 돌았다. 자주 아프고 피곤한 몸과 하고 싶은 것들 사이에서 방향을 잃다가 따뜻한 대화로 균형을 잡았다.

대화할 때 내가 힘들다고 상대방을 어둠 속으로 끌고 들어가지는 않으려고 방향을 잡았다. 타인에게 일방적으로 위로받으려고 하면 자칫 감정 청소해달라고 떼쓰는 꼴이 되기 때문이다. 일방적으로 내 하소연에 치우치지 않고 지인의 근황도 묻고 감사하다는 표현도 하고 중언부언하지 않았다.

지인과 나는 통화할 때 서로의 상태를 알아차리고 상대방의 입장을 헤아리면서 리듬과 속도를 맞추며 '위로와 공감'이라는 음악을 만든 것이다. 서로의 말에 귀 기울여주고 본질로 꿰뚫고 들어가 원하는 게 무엇인지 들여다보며 따뜻한 기운으로 물들었다.

위로와 공감이라는 좋은 음악이 만들어지려면 나에 대해 정확히 주시하고 상대방의 입장을 헤아려야 한다. 나의 이야기를 들어주는 사람에 대한 배려가 필요하다. 원인을 찾고 방향을 설정하는 것은 나의 몫이다. 주변 사람더러 찾으라고 강요하면 괴로울 뿐이다. 상대방이 아무리 좋은 것을 찾아 보여줘도 내가 받아들이지 않으면 그 사람은 괜히 노력하는 꼴이다. 상대방에게 지나치게 요구하지 않고, 요구받지도 않으면서 조화를 이루는 상태가 필요하다.

무작정 하소연을 늘어놓고 무게감 없이 들으면 오랫동안 대화해도 위로받지 못하고 헛헛하다. 나는 오늘 가슴이 횡했지만 지인과 통화할 때는 그 본질이 무엇인지 정확히 표현했다. 지인은 온전히 귀 기울이며 공감해줬다. 그래서 따뜻했다. '위로'가 들어주는 사람만의 몫이 아니라 불편함을 호소하는 사람의 역할도 있는 것을 배운 하루다. '위로'는 쌍방향의 리듬과 속도가 만들어내는 연주다.

새해를 맞이하며

새해가 되고 새로운 날짜들이 시작돼도 일상은 그저 일상일 뿐이다. 일상이 단조로운 듯해도 똑같은 순간은 하나도 없다. 밥 먹을 때 이런 장면에 많이 노출되었다는 느낌도 들지만 그 또한 늘 다르다. 다름을 인식하지 못하고 습관적으로 하는 경우가 많을 뿐이다. 질문이 떠오른다.

내 인생에서 이루지 못한 중요한 게 무엇일까?
내 인생에서 잃어버린 중요한 게 무엇일까?
내 인생에서 지금 가장 중요한 게 무엇일까?

이루지 못한 것은 내세울 학벌이 없고, 월급 많이 주는 회사에서 일해 보지 못하고, 투자로 큰돈 벌어보지 못하고…… 등을 떠올리다가 '사랑받는 느낌 부재'가 아닐까 생각했다.

'사랑'은 넓은 의미로 평온, 안정 등을 포괄한다. 두려움 밑에는 안전을 느끼고 싶어 하는 마음이 있고, 안전감 밑에 사랑을 받고 싶어 하는 마음이 있다.

내 인생에서 잃어버린 것 중에는 사랑의 기회가 왔을 때 그것에 온전히 집중하지 못하고 주변을 두리번거리며 방황하느라 사랑을 제대로 나누지 못한 경험이 있다. 학교나 직장도 그 안에서 기쁨을 찾지 못하고 헤맸다. 헤매느라 중요한 게 무엇인지 놓쳤다.

지금도 중요한 게 무엇인지 정확하게 보지 못하고 헤매고 있는 것 같아서 겁난다. 얼마 전 요양병원에 시어머니 병문안 다녀오면서 남편에게 예전에 배려받지 못한 서운함의 찌꺼기를 꺼내며 불편해했다. 내 속에는 사랑받지 못한 아이가 산다. 외부에서 채워주기를 바라는 마음이 아직도 남아있다는 것을 알아차린 하루였다.

명상하면서 제일 많이 떠오르는 게 '해야 할 일'이다. 여전히 과거와 미래에 주의를 뺏기고 정처 없이 떠도는 습관을 반복한다. 가족을 챙겨주는 것에 많은 시간을 할애하지만 기쁨으로 다가오지 않는다. 내 속에 사랑이 차올라서 흐르는 게 아니라 그렇게 해야 한다는 강박으로 경직되어 있기 때문이다. 내 인생에서 '지금'에 주의를 모으고 사는 게 가장 중요한 일이라는 생각이 든다.

새해가 되고 나는 거창한 계획이나 다짐 없이 하루하루 살고 있다. 좋은 일이 많이 생길 거라는 기대보다 그저 매 순간 지낼 만하면 좋겠다는 바람이다. 이 바람이야말로 거창하다는 생각도 든다.

매 순간 지낼 만하다는 것은 괴로움이 없다는 말이고, 괴로움이 없으려면 어떤 상황에서든지 깨어서 지켜볼 뿐 '이래야 해', '저래야 해' 하며 끄달리지 않아야 한다. '나'라는 자아가 아무 때나 성질부리고 떼쓴다는 생각이 들어서 청정하게 지켜보기만 하는 상태가 어떤지 잘 모르겠다. 나는 이런저런 일에 끝없이 흔들리며 존재할 뿐이다.

흔들리며 존재한다는 것만 잘 알아차려도 나의 일상이 충만하게 느껴질 때도 있다. 슬픔의 면을 보며 슬퍼하는구나 알아차리고, 화날 때는 화나는구나 알아차리다가, 좋을 때는 참 좋아서다. 그 순간 바로 알아차리면 좋은데 속도가 차이 나서 흔들거리지만 그래도 묵묵히 걸으려고 노력 중이다.

최근에는 명상센터에 다니지 못하고 있다. 가끔 명상 도반道伴을 만나 알아차림의 기쁨을 이야기하고 있다. 이것만으로도 나에게 명상하는 일상을 계속해 나가는 힘이 되고 있어서 감사하다. 도반이 바쁜 와중에 1분이라도 온전히 알아차리려는 모습을 보면 아름다워 보이고 나도 따라 하고 싶은 마음이 든다.

내 몸의 통증이나 괴로움이 없는 상태가 알아차림의 기둥이 되어 주고 있어서 이 또한 감사하다. 통증이 나타났다 사라졌다 하는 것을 관찰하며 내 속의 해소되지 않은 감정들을 마주하는 힘을 기르고 있다.

오늘도 하루에 45분 이상 명상하고 일어나는 시간과 밥 먹는 것을 챙기고 바른 언어를 사용하려고 주의 모은다. 산책하고 스트레칭하며 몸을 토닥거린다. 하루하루 내 역할이 어떠해야 한다는 틀을 내려놓고 '나'를 있는 그대로 지켜보는 연습을 하고 있다. 똑같은 순간은 없으니 깨어서 아름답게 물드는 '지금'을 살고 싶다.

아버지에게 하소연하기

햇살이 눈부시게 거실을 비추고 있어요. 눈물이 나요. 슬픔을 말려주려 햇볕이 내리쬐나 싶어요. 남편에게 배려받고 싶을 때 받지 못하는 느낌이 슬퍼요. 배려가 안 되는 사람에게 징징거리는 제 태도가 싫어요. 몸이 많이 안 좋은 상태일 때 기대고 싶어 하는 제 욕구가 남편의 배려 없는 태도를 용납하지 못하고 화를 내면 남편은 바로 반격해요. 그래서 저를 슬픔에 젖게 해요.

아버지한테 저의 이런 감정들을 표현해 본 적이 없는데 이렇게 말하고 있으니까 신기해요. 아버지라는 어깨에 기대고 싶었는데 한 번도 그러지 못했어요. 남편에게 기대고 싶어지는 이유도 이 결핍에서 시작하는지도 몰라요. 아버지한테 기대보지 못해서 남편에게 어느 정도 수위로 얼마만큼 기대도 되는지 모르겠어요. 오늘은 아버지가 제 하소연 좀 다 들어주실래요?

　힘든 일 있을 때 제 옆에 누군가가 없어요. 그저 그 시
간을 견딜 수밖에 없어요. 아주 가끔 그 시간을 함께해
준 사람이 있어 따뜻하다고 기억해요. 그 사람에 대한
기억을 되뇌며 나에게도 좋은 사람이 있음을 잊지 않으
려 하는 태도는 내 인생이 외롭지만은 않다는 몸부림이
기도 해요.
　제가 오랫동안 몸이 아프다지만 이번에 처음으로 남
편이 해준 음식을 먹었어요. 아무리 아파도 음식은 제
손으로 하고 집에 먹을 거 떨어지면 일일이 메모해서 장
봐 달라고 부탁해야지만 해주는 생활이에요. 남편이 해
주는 것들을 남들에게 표현하며 자상한 남편하고 사는
것처럼 말했지만 실상은 제가 친절하게 요청하지 않으
면 아무것도 안 해요. 해준 것에 초점을 두고 기억하려
고 남들에게 그 부분 위주로 말했어요. 제가 따뜻한 온
기를 저장하고 싶었나 봐요.

　저는 따뜻한 사람하고 살고 싶은데 온기가 느껴지지
않아서 아쉬울 때가 있어요. 제가 밥을 먹지 못해도 남
편은 뭘 챙겨줘야 한다는 생각을 하지 않아서 서운했어
요. 이 문제로 10년 이상 다투면서 제가 포기했다가도
몸의 통증이 한계치에 다다르면 챙겨주지 않는 남편에

게 다시 서운해요. 습관처럼 반복해요. 남편은 몰라서 못 하는 거라고 해요. 제 몸 상태가 너무 안 좋을 때는 슈퍼에 가라고, 반찬가게와 식당에 들러 먹을만한 걸 사오라고 10년 넘게 부탁했어요. 아무리 말해도 여전히 못 해요. 아예 할 생각이 없는 것처럼 느껴지기도 해요. 그런데 제가 남편에게 무심하면 힘들다고 해요. 제가 친절하게 대하지 않고 필요한 말만 하고 챙겨주지 않으면 불편하대요.

저는 그런 남편 옆에서 외로워요. 남편에게 배려받지 못하는 느낌이 들어요. 챙겨주면 나에게도 콩고물이 떨어질 거라는 기대를 하면 안 되는데, 어느 순간 절망과 분노가 올라오는 것을 보면, 기대하는 마음이 있었기 때문이에요.

아버지 돌아가시고 한참을 앓고 있어요. 잘 먹지 못하고 열나서 힘들어요. 아무것도 챙기지 않는 남편에게 화를 냈고 남편은 화를 낸 제 태도 때문에 억울하대요.

남편에게 화가 나도 육하원칙으로 이야기하고 친절하게 말을 해야 하는데 몸 아픈 게 감당하기 버거워지자 무너졌어요. 제가 감정적으로 화냈으니 남편이 화나서 '자기도 화낼 수 있다, 자기는 화내면 안 되냐, 화내는 태도를 이해할 수 없다.'고 말하는 것을 옳다고 인정할 수밖에 없었어요. 논리적으로 맞는 말이잖아요. 바른말

4부 고요해지는 감사

로 제대로 찔리고 상처 입어서 아파요. 어쨌든 먼저 화를 낸 것은 저였고 남편이 화낼 수 있는 것도 맞는데 마음은 몹시 쓸쓸해요.

제가 몸도 아프고 돌아가신 아버지가 떠올라서 불편하다는 말도 했으나 남편은 기댈 어깨를 주지 않네요. 자기에게 화내는 저의 태도는 받아줄 수 없대요. 자꾸 죽음의 순간 아버지의 형상이 상상되어 정화하기 문구를 되뇌고 있어요. 정화하기 문구를 하며 지금의 제 호흡에 주의를 모으고 있지만 감당하기 버거워요. 힘들어서 기댈 곳이 있으면 좋겠는데 남편은 기댈 자리를 주지 않네요.

부모님처럼 살기 싫었던 제가 결혼하면서 너무 완벽한 가정을 꿈꿨어요. 제가 할 수 있는 역량을 초과해서 애쓰다가 그게 다 소용없다는 걸 깨우쳐요. 제가 아버지처럼 일상에서 매일 소리 지르지는 않지만 자주 아프고 심하게 앓아누우면 어느 순간 남편에게 화내고 서운하다고 하잖아요. 억울하다며 화내던 제 모습이 괴물 같아요. 이러려고 평소에 온갖 친절 다 동원해서 애쓰나 싶어 서글퍼요.

기댈 자리를 주지 않는 남편에게 징징거리거나 마음 상하기 싫어요. 이번 주에 남편은 여러 차례 자기에게 관심 가져달라고 말해요. 저는 아버지의 죽음이 아프고 수시로 눈물이 나요. 아버지의 죽음으로 인하여 제가 심리적으로 불편해서 병이 난 것 같다고 말했지만 남편은 저에게 그 감정을 표현할 수 있게 관심 기울여 주지 않아요. 그래도 제가 알아차리지 못한 부분에서 남편이 노력한 영역이 있을 테니 제 삶이 남편 때문에 괴롭다고 말할 수는 없겠지요.

남편에게 기댈 수 없다는 좌절감은 내가 만든 가정의 이상과 맞지 않아서 발생해요. 남편 뒤에 숨어서 사랑받고 배려받고 싶은 욕심을 내려놓고 어떤 관계를 맺을지 선택해야 하는데 남편과 깊은 대화 나누며 공감받고 싶은 욕구를 내려놓는 과정이 편하지 않네요.

남편도 자기가 많이 애쓰고 있다고 생각해요. 제가 입원도 여러 차례 했고 심하게 아파서 결혼 초보다 배려하는 게 많아졌으니 당연한 생각일 수 있어요. 저는 어려움에 직면해서 '이 일을 통해 배울 것이 있나 보다.'라고 말하는 경우가 많아요. 원망하고 힘들다고 징징거려 봐야 남는 것은 깊은 외로움이라 살아갈 힘을 얻으려고 취하는 인생의 태도예요. 배우려는 마음이 다른 부분을 볼 수 있는 눈을 뜨게 하고 헛헛함을 견디는 힘도 생기게 하니까요. 지금 아버지에게 하소연하면서도 남편이 다 잘못했다고 하지 않는 이유가 제가 미처 보지 못하는 부분이 있을 수 있다고 생각하기 때문이에요.

슬픔에 젖은 채로도 삶은 살아지고, 원하는 배려는 받지 못해도 관계를 지속함으로써 얻는 이득도 있어요. 남편과 사는 게 힘들다고 하면서도 얻는 이득이 있으니 살아요. 제가 지금은 남편에게 배려받지 못하는 깊은 슬픔을 느끼지만 혼자가 아니라 누군가와 함께 있다는 데서오는 안도감도 있어요. 평범한 중년의 모습이라 어디를가든 보호처가 되기도 해요.

아버지, 제 이야기 다 들어주셔서 감사해요. 실컷 말하고 나니 마음이 편안해져요. 아버지 살아계실 때도 힘든 일 있으면 이렇게 말하고 살면 좋았을 텐데 아쉽네요. 아버지한테 남편에 대해 속상하다고 말하니까 '내편'이 있는 것 같아요. 아버지의 죽음을 받아들이기도어렵고, 몸 아픈 것도 괴롭고, 남편에게 배려받고 싶은미련을 버리지 못해 힘들지만, 그래도 아버지에게 이렇게 하소연할 수 있어서 감사해요. 아버지에게 기대서 실컷 울고 나서 마음 추스르는 호사를 누리네요. 멀리 떠난 아버지에게 편지로……

아버지에게 기대고 있는 이 느낌이 좋네요. 한 번은이런 호사를 누리게 해주셔서 감사해요. 아버지에게 받지 못한 사랑 남편한테 구걸하지 않고 살아볼게요. 아버지는 아버지로서 존재하다 먼 길 떠나셨고, 저는 저대로

존재하며, 남편은 남편대로 존재하는 거 기억하고 살게
요.

아버지 49재 날

아버지 떠나시고 『티벳 사자死者의 서書』(정신세계사, 2017년)를 네 번째 읽고 있습니다. 가슴 끊어지는 통증으로 꺼이꺼이 울기도 하고 간절하게 기도하는 마음으로 책을 읽습니다.

괴로움은 괴로움일 뿐이고, 기쁨은 기쁨일 뿐이며, 이도 저도 아닌 것은 이도 저도 아닐 뿐임을 배우고 있습니다. 감정에 지나치게 끄달릴 때도 있고 덤덤하게 걸을 때도 있습니다. 아버지 49재 날 깊이 고개 숙여 인사합니다. 사후세계를 정확히 알 수 없으나 이 세상에서 맺은 인연에서 서로 가슴 아팠던 거 미안합니다. 이제 진심으로 용서하고 용서를 구합니다. 아버지 존재를 사랑합니다. 죽음을 기억하며 살겠습니다. 감사합니다.

49재 동안 『티벳 사자의 서』 책을 읽은 이유는 아버지가 스스로 선택한 죽음이지만 이 세상의 인연을 끝내고 저 너머의 길에서 자유에 이르고 평안하기를 바라는 마음 때문입니다. 아버지와 이 세상에서 맺은 인연이 끝나는데 상처, 원망, 후회로 물들이지 않기 위해 청정한 마음으로 애도하는 시간이 필요했습니다.

이 책은 죽음의 순간인 첫 번째 단계 치카이 바르도와, 존재의 근원을 체험하는 두 번째 단계 초에니 바르도, 그리고 세 번째 단계 환생의 길을 찾는 시드파 바르도가 있다고 말합니다. 듣는 것으로 영원한 자유에 이르는 가르침 '사자의 서'는 사후세계의 중간 상태에 머물러 있는 일반 구도자들을 영적인 대자유로 인도한다고 합니다.

종교성을 떠나 죽음 너머의 세계가 존재하고 가르침을 듣는 것으로 깨달아서 자유에 이른다면 좋겠습니다. 아버지가 혹여 죽음 너머의 세계에서 가르침이 필요했고 제가 이별 선물로 읽어드린 이 책이 도움이 되면 좋겠습니다.

자비의 신들이 아버지를 지켜주기를 바랍니다. 이 세상 살아 있을 때 괴로웠던 모든 것은 사라지고 사랑과 연민으로 물들어 평안하기를 바랍니다.

아버지의 죽음 이후 거부하고 선 긋던 제 태도가 떠올

라 후회되기도 하고, 사랑받지 못한 슬픔이 느껴지기도 합니다. 나를 중심으로 상황을 기억하고 판단할 뿐 아버지의 자리가 없다는 것에 놀라기도 합니다. 확장해서, 나와 다른 사람들과의 관계도 별반 다르지 않다는 관찰을 하고 있습니다. 불편함을 주는 사람은 인생에서 내가 배워야 할 것들을 가르치는 스승인 경우가 많고 편안한 사람들은 위안이 되는 존재입니다. 어떨 때는 내 인생에 불편함을 초래하는 존재들로 가득 채워진 것·같고, 어떨 때는 나를 위해 신이 꽃길을 만들어 둔 것 같습니다. 어떨 때는 햇볕은 없고 온통 회색빛이기도 합니다. 이상한 일은 불편하던 존재가 좋은 친구로 바뀌어 옆에 있기도 하고 위안인 줄 알았던 사람에게 상처 입는 경험을 하기도 합니다. 요지경 세상에서 좌충우돌하며 이러기도 저러기도 합니다. 변화하고 또 변화할 뿐입니다.

아버지는 저에게 큰 스승입니다. 무서워하고 원망하며 아버지를 벗어나려고 발버둥 치기도 했습니다. 아버지로 인해 받은 상처가 저를 짓누르고 있다는 것을 깨닫고 극복하려 노력하는 과정에서 일상의 소중함을 배우고 있습니다. 아버지를 미워하는 마음과 사랑받고 싶은 마음이 공존한다는 것을 인정하자 아버지의 상처와 스스로 치유하지 못하고 주변에 화살을 던지는 행위에 대해 연민으로 지켜보는 힘도 생겼습니다. 그 과정에서 지켜보기는 하되 상처 입지 않으려고 노력했습니다.

아버지와 한 꺼풀 벗고 속 이야기를 나누고 싶었으나 번번이 입 다물었던 것을 후회합니다. 그때는 이런저런 핑계가 있었는데 생각해 보니 화내는 아버지를 사랑으로 마주할 용기를 내지 못했습니다. 의처증이 심해지고 알콜 의존도가 높은 아버지를 만나는 것은 용기가 필요했습니다. 제가 드디어 마주할 용기를 내어 찾아가던 날 아버지는 스스로 먼 길을 가셨습니다. 그날은 '아버지'라는 존재와 '나'라는 존재가 있음을 배우러 가는 길이었습니다. 죽음이라는 현실이 믿기 힘들었습니다. 입관식에서 버선 신겨드릴 때 막대기 같은 아버지의 발 감촉이 죽음의 현장감이었습니다.

아버지는 이 세상을 떠나면서 저에게 사람과의 관계가 '기회의 시간을 항상 주지 않는다'는 것을 가르쳐줍니다. 마지막 순간까지 스승의 역할을 합니다. 아버지가 스승으로서 가장 많이 알려주신 건 '괴로움을 부여잡고 주변으로 화살을 돌리면 모든 것이 괴롭다.'는 진리입니다. 그렇다고 기쁨을 선택하려 너무 애쓰면 그 또한 괴로움인 것도 경험을 통해 배우고 있습니다.

아버지의 죽음은 정신 바짝 차리고 현실에 집중하고 관찰하는 시간을 갖게 합니다. 막막한 슬픔에 눌려 눈물이 나기도 하고 죽음에 대한 서늘한 기운이 느껴져서 무서울 때도 있습니다. 그런데 몸의 감각이 호흡을 중심으로 삼듯이 어떤 기운이나 감정도 '나'를 중심으로 움직일 뿐 아버지나 다른 존재들은 잠시 왔다 사라집니다. '나'도 언젠가 사라질 겁니다.

두려움을 떨쳐내고 '나'와 '아버지'로 존재하며 사랑으로 물드는 시간을 가지면 좋았을 텐데 아쉽습니다. 이렇게 떠나고 나면 비어 있을 뿐이고 함께 있으면 그 자리에 있을 뿐입니다. '나'를 중심으로 주변이 움직이는 것 같은데 그 '나' 조차도 영원하지 않습니다. 언젠가 저도 이 세상에서 사라지겠지요.

아버지가 괴로움을 부여잡고 살면 얼마나 괴로운지 몸소 보여 주셨으니, 좀 가볍게 좋은 선택을 하며 살겠습니다. 완벽하게 되지 않는다고 실망해서 금방 포기하지 않고 연습하며 살겠습니다.

아버지 저에게 스승 역할 하시느라 수고하셨습니다. 아버지의 수고를 거부하고 미워하기도 했던 것 죄송합니다. 아버지를 잘 헤아려 드리지 못한 것 용서를 바랍니다. 저도 아버지로 인해 고단했던 순간들을 용서합니다. 아버지에게 사랑받고 싶었습니다. 아버지를 사랑하고 싶었습니다. 표현하지 못했지만 속을 들여다보면 사랑입니다. 괴로워하지 않고 사랑으로 물들며 살겠습니다. 저에게 큰 가르침 주신 아버지 감사합니다.

49재 날이니 아버지 사후세계의 중간 상태가 모두 끝났을 것 같습니다. 자유로운 상태이기를 바랍니다. 아버지와 저의 이번 인연도 여기서 마무리합니다.

무엇을 배우고 있나

무엇을 배우기 위해서 다리가 아프고 걷기 어려운 것일까? 걷지 못하는 불편을 다시 마주한다.

오른쪽 다리를 절뚝거린다. 발을 디딜 때 사타구니가 시큰거리고 당기더니 무릎까지 힘을 받쳐주지 못한다. 발목도 약간 시큰하다. 조심해서 발걸음 내딛는 데도 세 발짝을 넘기지 못하고 절뚝거리고 '악' 소리가 나온다. 앉아 있을 때는 통증은 없고 무릎이 무지근하니 무겁다.

아침에 일어나서 컵을 들고 걸으려니 무게가 묵직하게 느껴지며 다리가 부담스럽다. 어젯밤 설거지 한 그릇을 치울 수가 없어서 딸에게 부탁했다. 창고 깊숙이 넣어둔 목발을 다시 꺼내야 하나 고민스럽다.

며칠 전부터 얼굴이 심하게 가렵고 설사기가 있다. 봄 기운이 완연해지면서 입과 코 주변이 더 가려워지고 비염기도 심해지고 입안이 붓고 구내염이 자꾸 생겼지만 '그러려니' 할 뿐 의미를 부여하지 않았다. 집밥만 먹고 있는데 설사하는 이유를 찾으려고 하지 않았다. 오늘은 이 모든 상황이 몸이 보내는 신호였다는 생각이 든다. 한 달의 절반 이상을 구내염 때문에 따갑고 쓰라려서 양 치질을 제대로 할 수 없다. 입술 허물도 벗겨진다.

기운 없고, 얼굴 가렵고, 콧물 나고, 입안의 구내염이 불편하지만 '내 몸이 그러려니' 했다. 습관적으로 지나 는 고갯마루처럼 넘어가려고 했다.

몇 달 전 내가 양반다리를 할 수 있을지도 모른다는 마음이 올라오더니 지압을 받으며 가능할 수도 있다는 기대로 바뀌었다. 그리고 기적처럼 아버지의 장례를 치 른 후 양반다리가 되었다. 아버지 생신날 선물처럼 나의 뻣뻣하던 다리가 부드럽게 구부러졌다. 양반다리 자세 가 9년 전 수술한 부위의 통증을 느끼게 하지만 몸이 익 숙해지기를 바라는 마음으로 하고 있다. 최근에는 양반 다리 하고 앉아서 명상하는 시간을 10분에서 20분으로 늘렸다. 어수선하게 생각들이 오가다가 양반다리 하고 호흡에 주의 모으고 있으면 편안하다. 그 느낌이 좋아서 다리가 아파도 자세를 유지한다.

9년 만에 양반다리가 가능해진 다리 입장에서는 20분 동안 자세를 유지하고 명상하는 게 괴로웠을지도 모른다. 나의 잠재의식이 다리에 대해 염려했는지도 모른다. 그래서인지 오늘 명상하다가 지팡이를 짚고 있는 내 모습이 떠올랐다. 한참 동안 정화하기로 '미안합니다 용서합니다 사랑합니다 감사합니다'라고 말했다. 그리고 의도적으로 달리기하는 모습, 건강한 내 모습을 상상했다.

1년여 전에 갑자기 걷지 못하게 되었을 때 골반뼈 이식수술을 받았던 병원에서 뼛속의 혹이 재발했다는 사실을 확인했다. 그때, 내가 걷지 못할까 봐 두려워한다는 것을 깨달았다. 그래서 몸을 잘 보살피기로 했다. 수술하지 않고 살아갈 방법으로 일상을 더 소중히 챙기기 시작했다. 청정한 마음으로 걷고 스트레칭했다.

"이번에는 무엇을 배우고 있을까?"

몸이 괴롭다는 신호를 보냈는데 아픈 것에 저항하지 않는 '나'를 알아차린다. 통증을 두려워하지 않고 원인을 찾으려고 병에 대해 검색하지도 않는다. 다만, 양반다리 하고 앉아 명상하는 시간이 긴 것은 아닌지 염려했다. 2%쯤 부족해 보이는 그런 생각이 떠올랐다고 '나'를 질책하지도 않는다. 그냥 다리 통증으로 걷는 게 어렵다는 사실을 인정하고 몸의 소리에 귀 기울이려고 한다. 망상이 떠오르면 정화하기 문구로 청소한다. 원하는 모습을 그려보기도 한다. 부족해도 배우려는 자세와 알아차리는 순간들로 물들고 있어서인지 이런 내가 좀 단단해진 느낌이다.

통증에 익숙한 몸이 습관적으로 작동하기도 하고 내 머리로 생각하는 것보다 더 쉽게 지친다. 그렇다고 겁먹지 않고 담담히 지켜보고 있다. 잘 걷지 못해서 불편하지만 두려움에 떨지 않고 지켜보는 내 태도를 보며 쓰담쓰담 감사하다.

내 몸의 리듬과 속도를 배우는 과정에서 재촉하지 말고 기다릴 줄 아는 지혜가 필요해서 다리 통증을 통해 멈추는 시간을 갖게 하나 싶다. 헉헉거리며 계속 움직이면 숨이 차니까 멈추고 숨을 고르는 중인가 보다. 지금의 내 원활하지 않은 몸 상태를 충분히 인지하고 걷는 법을 배우는 중인가 보다.

변화하고 있다

내 몸의 감각을 알아차리고 내 마음을 알아차리는 순간이 늘고 있다. 대상은 한쪽 면만 있지 않고 다른 면이 있다는 것을 인정하게 되었다. 어떤 일과 마주할 때 괴로운 느낌일 때도 있고 편안할 때도 있다. 소리 내어 웃는 때가 별로 없어서 괴로움인지 들여다보면 그렇지도 않다. 명상하느라 정좌하고 있을 때 몸에 힘주고 인상 쓰고 있는 것 같아서 미소를 지으려 할 때도 있다. 그냥 이렇게 알아차리며 '수행자의 태도'로 있으면 "나에게 이런 일 생기면 안 돼"라는 생각이 덜 든다. 바른 마음과 태도를 유지하고 지혜로웠으면 하는 바람이 생긴다.

몸의 통증을 관찰할 뿐 감정에 끄달리지 않으려는 태도도 나름 아름답다. 가끔은 몸이 괴로워서 불안감이 올라오기도 하지만 그것들을 그저 지켜보려는 눈이 내 속에 있다. 몸이 아프면 남편에게 기대고 싶어 하고 그 마음이 채워지지 않아 서운해하는 습관이 남아있지만 내가 그러고 있다는 걸 알아차리고 있으니 이 또한 변화하는 중인 것 같다.

나는 완벽한 사람이 아니다. 겁이 많고 실수를 많이 한다. 도망칠 구멍만 있다면 필사적으로 그쪽으로 가려고 한다. 눈물이 나려고 한다. 단박에 깨달아 괴로움을 소멸시키지 못하고 몸의 통증을 고단하게 접하면서 조금씩 알아차리고 있다. 도망치려는 습관이 내 의식을 앞서가서 뒤꽁무니 잡느라 몸이 자주 아픈지도 모른다. 몸의 감각을 느끼듯이 지금 일어나고 있는 일들을 마주하고 도망치지 말라고…….

아버지가 세상을 떠나고 이별을 받아들이고 있다. 때로는 아프지만 원망이나 미화로 물들이지 않고 애도한다. 최소한, "나에게 어떻게 이런 일이 생겼을까?" 하지 않고, 감정 끄달릴 때마다 "미안합니다 용서합니다 사랑합니다 감사합니다"라고 정화하기 명상한다. 받지 못한 사랑에 대한 설움이 복받치기도 하고 내가 주지 못한 사랑에 대해 슬프기도 하지만 그런 나를 알아차릴 뿐 더 나가지는 않는다.

아버지의 죽음 이후 애도 과정에서 발생하는 현상인지 명상을 꾸준히 하며 마음가짐이 변해서인지 내가 전에 한계 긋고 못 한다고 여겼던 운전을 하고 싶다. 두려움이 많은 존재라서 쉽게 몸과 마음이 긴장하는데 운전하며 풀어내고 싶다.

두려움 하나를 넘어보기로 한 후 지압원까지 운전했다. 내비게이션의 안내를 놓치고 가슴이 두근거리고 몸이 긴장하는 것을 그대로 인정하고 숨을 깊이 들이마시고 내쉬면서 토닥거렸다. 빠져나갈 길을 놓친 후 내비게이션의 안내에 주의를 기울였다. 후회는 하지 않고 마음을 모았다. 낯선 길이고 돌아서 가는데 차가 막혔다. 신호대기 할 때 다리의 긴장도 풀어주고 호흡을 깊이 했다. 긴장을 풀려고 수시로 정화하기를 했다. 전에 남편과 함께 지방에 가면서 10~20분쯤 고속도로 운전할 때보다 피로가 덜 느껴졌다. 지압원 예약 시간에 늦은 것에도 마음 끄달리지 않았다. 다만 내가 운전하고 있는 것에 집중했다. 운전 중에 길을 한 번 놓쳐서 예상보다 30분이나 더 운전했고 주차장 입구를 지나쳐서 유료 주차장에 주차했다. 어쨌든 목적지에 안전하게 도착했다. 모르는 시내 운전을 한 시간 넘게 하고 나서 내가 그동안 쳐놓았던 장벽 하나를 넘은 느낌이 든다.

그동안 나는 예상을 벗어나는 상황은 받아들이기 어

려웠다. 운전처럼 안내를 받고도 빠져나갈 길을 놓치기도 했다. 그럴 때 후회하고 자책하며 괴로워했다. 하지만 이제는 살면서 만나는 낯선 길과 굽이굽이 돌아가는 길을 기꺼이 수용하고 싶다.

청정하게 있으려 노력하던 아버지의 49재 중에 9년 동안 안 되던 양반다리를 할 수 있게 되었고 무섭다며 피하던 시내 운전을 1시간 넘게 했다. 양반다리 하던 날에 머리로 먼저 생각한 게 아니다. 스트레칭을 하는데 다리가 부드럽게 구부러져서 자연스럽게 양반다리를 했다. 운전도 '해보자' 하는 마음이 올라와서 실천했다. 저항하지 않고 몸과 마음이 협력하여 나에게 기적을 보여주고 있다.

매일 명상하며 두려움에서 비롯된 여러 가지 불편함과 마주했다. 이제 좀 더 용기를 내어 움직이고 싶다. 주차하는 게 무섭고 길 찾는 게 두려워서 피하던 운전을 하며 안전하다는 것을 경험하고 싶다. 내가 만든 한계선을 넘고 싶다. 넘어가 봐도 괜찮을 것 같은 마음의 변화에 감사하다. 운전하려는 마음이 차오르는 것을 지켜보며 이 변화를 기꺼이 수용해야겠다는 생각이 든다.

명상하면서 몸과 마음의 감각을 사실 그대로 받아들이려 한다. '수행자의 태도'로 일상을 살아갈 뿐 과거와 미래로 치닫기를 멈추려고 노력한다. 습관화된 두려움과 긴장이 일상에 불편을 줄 때가 있지만 그것이 무엇인지 모른 채 무작정 도망치지 않고 마주 보는 힘이 나에게 생겼다. 내가 변화하고 있다.

꿈을 관찰하다가

　어린아이의 뒤뚱대는 걸음처럼 명상을 하며 수행자의 태도로 살아가려는 나는 때로 흔들리고, 때로 곧게 걷는다.

　호흡에 주의 모으는 명상을 시작한 후 꿈꾸는 횟수가 현저히 줄었다가 친정아버지가 돌아가실 즈음부터 꿈을 자주 꾼다. 요즘은 사람들이 많이 나오는 꿈을 꾸고 있다. 아는 사람이 나오기도 하고 전혀 모르는 사람들로 가득 찬 꿈을 꾸기도 한다. 어떤 꿈은 의미가 무엇일까 궁금하기도 하다. '그리움'이라는 단어를 말하는 장면이 나오는 꿈을 꾸고 뭔가 내 삶과 연관성이 있다는 생각도 들었지만 연결고리를 찾지는 못했다. 아버지에게 온갖 욕을 했던 꿈에서 아버지가 내 입에 입술을 댔던 마지막 장면에 몹시 소스라쳤다. 아버지와 딸로 만나 이 세상에서 사랑의 기억을 많이 만들지는 못했어도 원망할 일이 아니라서 내 입이 나쁜 말 하는 것을 멈추게 하기 위한 행동인지도 모르겠다.

내가 혼자 고립되어 있어서 외롭고 힘들다고 생각했는데 꿈을 통해 아주 많은 사람 속에서 존재한다는 것을 보여 주나 싶기도 하다. 연결고리를 잘 모르지만 꿈에 대해 저항하지 않고 지켜보는 자세가 필요하다.

예전에는 악몽을 꾸는 경우가 많았는데 요즘은 꿈을 꾸면서 꼼짝 못 하고 떨고 있기보다는 미약하게나마 대처하려고 움직이기도 하고 때로는 강하게 맞대응한다. 기억을 더듬어 보면 내가 내면의 소리에 귀 기울이기 시작하면서 꿈도 조금씩 바뀌고 있다. 예를 들면 전에는 거대한 괴물이나 무서운 존재로 인식되는 것에 가위눌렸다. 그러나 지금은 대상이 좀 더 명확해져서 물속에서 빠져나오려 할 때도 있고 아는 사람이든 모르는 사람이든 구체적으로 말을 하고 화를 내기도 한다. 두려움에 사로잡혀 손가락 하나 까딱하지 못하다가 겁나는 상태로 고개를 들어 무서운 상대를 쳐다보기도 한다. 바라보다가 무서워하지 않아도 된다는 생각이 들기도 하고 내가 어떻게 행동하면 될지 방향을 잡기도 한다. 망설임 없이 화를 내며 나를 보호하려는 의지를 표출하기도 한다.

명상을 시작하고 악몽이 사라진 것 같아 편안했는데 아버지가 돌아가시기 일주일쯤 전부터 몸서리치며 괴로워하는 꿈들을 꿨다. 아버지의 극단적 선택을 알아차린 내 무의식이 꿈을 통해 위험하다는 신호를 보냈나 싶다. 혹은 아버지와 딸로 연결되어 있어서 스스로 이 세상을 떠나기로 작정한 고통이 전달되었나 싶다. 꿈을 꾸고 깰 때마다 아버지가 떠올랐지만 전화할 용기를 내지 못했다. 형제들을 통해 전해 들은 소식이 암울해서 굳이 통화하며 마음 상하지 않으려고 했다. 1년여 만에 용기를 내어 아버지를 만나러 가려고 한다는 말을 전화로 미리 했더라면 내가 집에 가던 날, 그 일이 안 생겼을 수도 있었을까 하는 생각도 들지만 어땠을지는 모르겠다. 아버지와 거리를 두고 나를 지키는 것만큼 아버지와 딸로서 화해하는 일이 중요했는데 그 시간을 놓쳐서 안타깝다.

내가 아버지와 마지막으로 통화했을 때 화를 내셨었는지 기억나지 않는다. 아버지를 오랫동안 찾아뵙지 못해서 죄송하다고 했더니 내 건강을 잘 챙기라고 하던 때가 마지막 통화였는지도 기억이 희미하다.

늘 화를 내고 식구들을 두려움에 떨게 하던 아버지가 떠나시며 다시 꿈을 꾸고 있다. 무서워하는 꿈, 화내는 꿈을 거쳐 지극히 일상적으로 보이는 꿈도 꾼다.

아주 많은 사람을 꿈에서 만나는 이유가 무엇일까? 내가 알고 지낸 사람뿐만 아니라 다른 이들과 연결되어 있다는 것을 배우는 과정일까? 꿈에서 전혀 모르는 존재가 나에게 말을 하기도 하고 내가 어떤 소년에게 도움을 요청하는 꿈을 꾸기도 했다. 내가 문을 여는 방법을 물어보자 소년은 기꺼이 시범을 보여줘서 열 수 있도록 도와줬다. 내가 불특정다수의 사람들과 새로운 관계를 형성하게 될 준비가 된 게 아닌지 조심스레 짐작해 본다.

아버지 49재 날 그동안 쓴 글들을 모아 세상에 책으로 내놔야겠다고 생각하고 정리를 시작했다. 나는 아파서 글을 쓰고 삶을 배운다. 나의 글쓰기는 마주하지 못해서 회피하다 쓰레기가 쌓인 것을 발견하고 청소하는 도구다. 원하는 것이 무엇인지 알아차리는 깨달음의 장이기도 하다. 꿈속에서도 두려움에 떨던 내가 마주하고 많은 사람과 만나듯이 뒤뚱거리며 걷고 있는 나의 경험을 꺼내야 할 때인 것 같다. 내 경험을 상처로 두지 않고 밖으로 꺼내서 햇볕에 잘 말리고 싶다.

막상 책으로 내려니 도망치고 싶기도 하다. 그런데 꿈속에서 많은 사람과 만나듯이 내가 글로 세상과 연결될 거라는 희망도 생긴다. 이 세상을 살면서 몸과 마음이 아프거나, 자신이 배우고 깨달아야 할 것을 찾고 있는 사람들과 글로 따뜻하게 만나기를 바란다. 바람만으로 가슴에 차오르는 온기가 있다. 세상의 모든 이들이 평안하면 좋겠다.

　나의 꿈에 대해 찬찬히 돌아보며 회피하지 않고 겪고 있는 모습에 감사하다. 수행자의 태도로 새로운 오늘을 맞이하여 일상을 챙기고 있다. 나와 세상이 연결되어 있음을 고요히 지켜보고 있다.

리코더 연주하며 행복하다

행복이 무엇일까?

사십 대 후반을 살아가면서도 '행복'이 낯설다. 사람들과 대화할 때 말하기 전에 그 의미를 알아차리는 경우가 얼마나 있는지 모르겠다. 나를 드러내기 위해서 여행이 즐거웠다고 말하고, 지나간 일이니 포장해서 좋다고 말하는 게 아닌가 싶다. 생각해보면 살면서 '내가 요즘 행복해요'라고 말한 적이 없다.

악기를 제대로 배워본 적이 없다. 학교에서 음악 시간에 배운 것들은 머리에서 지워졌고 어쩌다 악보를 보면 외계어 구경하는 느낌이다. 오래전 우연히 알토 리코더를 배워서 합주한 적이 있다. 두 달 정도 몇 곡만 집중적으로 연습해서 무대에 섰다. 내 수준은 다른 사람이 하는 대로 간신히 따라하기였다. 두 달은 금방 지나가고 혼자서는 악보도 잘 볼 줄 모르고 운지법도 몰라서 리코더는 구석에 보관했다. 하지만 언젠가 꼭 배우고 싶었다. 그 생각을 15년이 지나서 실행하고 있다.

알토 리코더를 선생님에게 배우고 있다. 이 나이 먹도록 악보 읽는 법을 잘 몰라서 더듬거린다. 선생님에게 내 수준을 솔직하게 표현한 후 배우고 있다. 낮은음 소리 낼 때 부드럽지 못하고, 고음은 맑지 않아 거칠고, 반음은 운지법이 헷갈리고, 박자는 제멋대로지만 매일 연습하며 좋아지고 있다. 알토 리코더의 부드럽고 안정적인 소리가 좋고 연주하고 있으면 편안하다. 배우고 싶은 것을 배우니 기분 좋고 매일 연습하면서 조금씩 나아지는 게 좋다. 칠십이나 팔십쯤의 나이에 사십 대 후반이라도 리코더 배울 걸 그랬다며 후회하기보다는 지금 하기로 선택해서 좋다. 혼자서 해보려고 할 때는 매일 연습하는 게 안 됐는데 한 달에 두 번씩 선생님을 만나니까 꾸준히 하게 된다. 악기 소리를 예쁘게 내고 악보를 잘 보려고 하지만 수시로 실수한다. 그럼 다시 연습하며 집중한다. 이렇게 리코더 연주에 주의를 모으고 있으면 편안하다. 요즘은 바흐, 하이든, 비발디, 텔레만의 곡도 연습한다. 작곡가 이름에서 오라aura가 있어서인지 한 단계 발전한 느낌이다. 흡족하다. 이런 행위와 상태가 즐거움이고 행복인 것 같다.

　인터넷으로 음악을 검색해서 켜고 연주해 보면 박자를 못 맞춰서 정신이 없다. 알토 리코더의 부드러운 음색이 드러날 틈도 없이 속도를 맞추느라 헉헉거린다. 혼자 연습하고 재촉하는 사람이 없어서인지 악보를 외워서 근사하게 연주할 수 있는 곡은 없다. 하지만 어버이날에 시골에 혼자 계신 친정어머니에게 전화해서 '어머니의 마음'을 연주했다. 어머니와 나 사이에 좋은 추억을 만들어서 좋고 음악으로 뭔가 표현하는 게 따뜻하다. 아름답게 물드는 느낌이다.

　지인 중 한 분이 알토 리코더를 배우겠다고 한다. 이 일이 앞으로 어떻게 확장될지 모르겠지만 함께 할 수 있어서 감사하다. 지인이 운지법을 익히면 한 달에 한 번 정도씩 만나서 합주를 할 수 있을 것 같다. 혼자 느긋하고 편하게 연습해서인지 실력이 그만그만한 상태인데 합주를 하면서 리코더 표현력이 좀 더 나아지지 않을까 싶다.

　알토 리코더는 크기가 작아서 들고 다니기도 편하고 악기 연주할 때 힘을 주지 않아도 되니까 나이 들어서도 부담이 없을 것 같아 좋다. 음악을 향유하며 살 수 있을 것 같아 만족스럽다.

　막연하게 나도 연주할 수 있는 악기가 있으면 삶이 풍

요롭지 않을까 생각했는데 알토 리코더를 1년 넘게 하면서 생활 속에 자리 잡고 있다. 흥얼거리던 노래의 악보를 구해서 연습하고 있는데 박자를 정확하게 맞추지 못하고, 노래하듯이 부드럽게 연주하지 못하지만 그래도 좋다. 노래할 때 음치에 박치라서 리코더 연주할 때도 영향을 미치나 싶기도 하지만 매일 리코더를 잡고 있다. 생활 속에 악기가 있는 것 자체가 만족스럽다.

이제 말할 수 있다. "나는 요즘 리코더를 연주하며 행복해요."라고. 리코더 연주가 완벽해서가 아니라 하는 행위, 집중된 마음이 편안하고 감사하다.

새로운 시도를 하기 전

내 몸을 보살피기 위해서 몸이 어떻게 연결되어 있는지 어떤 역할을 하는지 알고 싶다. 약이나 음식으로 섭생하는 방법을 배우면 몸을 보살피는 차원도 달라질 거다.

오랫동안 살까 말까 망설이던 노트북을 샀다. 새로운 시도를 하려는 준비물이다. 사이버대학에서 동영상 강의를 들으려고 한다. 하지만, 몸이 아프다. 내가 중요한 걸 놓치고 있는지 온몸에 통증 범벅이다.

한 달 넘도록 심하게 기운이 없고 열이 난다. 체온이 38도가 넘어서 병원에서 처방해준 약을 먹기도 했다. 고열은 떨어졌으나 약 먹은 후유증인지 설사를 심하게 한다. 내가 중요하게 생각하는 일상 챙기기를 할 수가 없다. 몸이 너무 괴로운 상태임을 인정하고 명상하기와 음식 먹는 일로 일상을 챙기고 있다. 내가 음식을 할 수 없어서 식당과 반찬가게를 이용한다. 먹는 행위 자체가 수행이다. 몸 상태가 안 좋을 때 먹지 못하면 병원에 입원할 수밖에 없다. 병원에 입원해서도 기운을 회복하려면 먹어야 하기에 몸에 대한 예의를 갖추려고 한다. 어떤 음식을 어떻게 먹어야 약이 되는지 모르니 먹을 수 있을 것 같은 음식을 먹고 있다.

많은 질문이 떠오른다. 조심조심 지내야 하는 일상임을 알아차리며 지내고 있는데 이번에 무엇이 문제기에 이토록 힘들까? 왜 몸이 괴롭다고 난리를 칠까? 일상 챙기며 놓친 것이 무엇일까? 대학에 진학하면 안 된다는 신호일까? 내 몸에 대해 좀 더 알기 위해서 공부가 필요하다고 생각했는데 욕심일까? 머리보다 몸이 먼저 긴장해서 새로운 시도를 하기 전에 난리를 치는 것일까? 내 머리와 마음은 새로운 공부를 기꺼이 받아들이지만 습관화 되어 있는 긴장이 몸의 통증으로 나타나는 것일까?

또다시 백화점 쇼핑하듯이 병원에서 진료받고 검사하고 있다. 의사로부터 대학병원의 여러 진료과를 방문하라는 권유를 받고 거칠어졌다는 갑상선 혹을 전문의와

상의하고 심하게 수치 떨어진 혈소판 등에 대해서도 알아보기로 했다. 예전처럼 병원에 의존하여 겉으로 드러난 증상을 완화하기만 하는 생활로 돌아가는 것 같아서 서글프다. 그래도 검사를 받아 보기로 했다. 여러 가지 기능 장애가 있을 뿐임을 다시 확인하는 시간이다.

명상하고 일상 챙기며 불편한 마음이 몸의 통증을 유발하기도 한다는 것을 알아차리고 감정과 마주한다. 불편한 이유를 질문하고 다른 면을 알아차리면 꽉 뭉쳐져 있던 것들이 풀어지고 호흡이 편안해진다. 이번에 배워야 할 게 새로운 시도를 하기 전 숨을 고르고 천천히 살펴보라는 메시지인가 싶다. 몸을 보살피는 방법의 첫 번째 단추 끼우기는 다른 사람을 통해서가 아니라 온전히 나로부터 시작되어야 함을 다시 가르쳐주나 보다. 병원에 몸을 맡길 일이 아니라 내가 챙겨야 한다는 경험을 많이 했으니 이제 나를 어떻게 보살피고 아낄지 구체적으로 배우라는 메시지인가 싶다.

새로운 시도를 하기 전 몸이 나를 관찰하는 기회를 주고 있다. 사이버대학에서 일주일에 9시간 정도 수업을 들을 수 있을 만큼의 체력인지 확인할 수 있는 시간을 주나 싶다. 서둘러야 할지 숨 고르고 천천히 살피면서 가도 될지 관찰하게 한다. 하마터면, 사십대 후반의 나이에 성과물이 없다며 서두를 뻗했는데 내 몸의 통증 덕분에 현재 상태를 확인하고 있다. 서글픈 일이 아니라 고마운 시간을 마주하고 있다.

선택하고 평안하기

기운 없는 날들이 이어지고 있어서 사이버대학에 편입하는 것보다 일상에 주의를 모으기로 선택했다.

전에는 하나를 선택하면 다른 하나에 미련이 남았는데 이번에는 다음을 기약하고 있다. 사이버대학에서 편입원서 접수 마감 시간을 알려주는 메시지가 여러 차례 왔지만 불편하지 않다. 몸에 대해 알면 좋겠다는 생각으로 동의보감을 접한 적이 있다. 좀 더 심도 있는 공부를 해서 자주 아픈 내 몸을 더 이해하고 싶다. 나의 이런 마음이 어딘가에 기록되어 내 기운이 몸에 대한 공부를 받아들일 수 있을 때 공부와 연결되겠지 싶다.

남편과 대화하는데 힘들다. 머리와 몸에 혈액순환이 제대로 안 되는지 기운이 돌다가 말다가 한다. 손이 파르르 떨린다. 대화를 멈추고 들숨과 날숨에 집중하면 조금 나아졌다가 몇 마디 나누면 또다시 그런 증상이 발생한다.

대화 내용에 불편한 부분은 없다. 그저 나의 몸 상태가 미약하다. 집안일을 최소화하려고 외식도 자주 하지만 몸 상태가 좋아지지 않고 있다. 한 달 반 동안 몹시 기운 없는 상태로 지내고 있다. '그럼에도 불구하고, 괜찮아' 싶다가도 '힘들다'고 느껴질 때가 있다.

살면서 무엇이 중요한지 놓치고 눈 앞에 펼쳐진 것에 반응하다 지치고는 했다. 그래서 후회를 많이 했다. 몸이 아파서 나를 관찰하며 다르게 살아야겠다고 수없이 다짐하면서도 습관은 잘 안 바뀌어 '또 놓쳤구나' 할 때가 있다. 관찰하고 놓친 것을 알아차리는 것이 나의 명상이다. 나는 요즘 열 가지 중에 아홉 가지를 놓쳐도 명상하며 지금 이 순간에 존재하려고 한다. 습관적인 반응에 속상할 때도 있지만 수행자의 태도로 여기 있는 게 좋다.

나는 행동이 느리다. 빨리 행동하면 호흡이 가빠지고 기운이 달려서 지치거나 몸의 통증을 경험한다. 쉽게 지치고 통증을 자주 경험하는 내 몸에 대해 이해하고자 사이버대학에 편입했다가 몸이 지쳐서 화를 내면 무슨 의

269

4부 고요해지는 감사

미가 있나 싶다. 남편과 편안한 대화를 나누면서도 몸의 기운이 달려서 의도적으로 호흡해야 하는데 새로운 공부를 시간 정해 놓고 하기는 어려울 것 같다. 이번에 참여하지 않으면 내가 영영 접할 수 없는 일도 아닌데 무리할 필요는 없다는 생각이 든다.

이번 학기에 사이버대학 편입에 응시하지 않은 이유 중 책을 출판하려는 마음이 흐지부지되지 않도록 하려는 의지도 작용했다. 내가 살면서 부대끼는 사건이나 감정들과 만나 이해하고 화해하느라 글을 썼고 속에 담아두지 않고 밖으로 드러내려고 한다. 이 일이 나의 인생에 중요한 숙제라는 생각이 든다. 몸에 대해 공부하는 것도 좋지만 내 삶을 정돈하려는 선택을 마무리 짓는 것이 중요하다. 내 삶에서 해결해야 할 중요한 일과 마주하고 있는데 그럴듯한 도피처로 도망가려는 습관에 빠질까 봐 경계했다.

어려서 평탄하지 않은 가정에서 견디며 살았다. 속이 곪은 걸 알면서도 겉으로는 괜찮은 척하며 살았다. 겉모습을 포장할수록 상처가 아팠다. 사회적으로 잘 나간 적도 없다. 겁이 많아서 대부분의 시간을 견디기만 했지 드라마틱한 부분도 없다. 그럼에도 글쓰기를 일상 챙기기로 받아들인 이유는 견디면서 배우거나 왜 이런 일에 불편한지 글을 쓰면서 이해하게 되어서다.

내 몸의 불편함과 마주하며 이번에 무엇을 배워야 할지 질문했다. 무엇인가 하고 싶은 마음을 접으면서 후회하거나 자책하지 않고 고요한 상태를 경험하고 있다. '선택하고 평안하기'를 배우고 있다는 생각이 든다. 이번 학기에 사이버대학에서 공부하기를 포기하고 그동안 쓴 글을 정리하기로 선택했으나 따뜻한 느낌이다. 긴장하고 뭉쳐있지 않고 비어 있다. 이 느낌이 좋다. 감사하다.

외로움에서 감사 스위치로

'외로움'은 내가 삶에서 배워야 할 주제다. 사랑에 대한 허기가 '외로움'을 끌고 다닌다.

지인이 전화해서 '모든 것이 완벽하다'고 느낀 경험을 공유했다. 원하는 것을 이루고 나서 하고 싶은 일이 가족들과 좋은 시간 나누는 것인데 이런저런 핑계를 대고 있는 자신을 발견했단다. 그럼, 지금 나누면 되므로 모든 것이 완벽하단다.

지인의 말을 듣는 순간, 내 속에서 '아!' 하는 탄성이 터졌다. 나에게 배움이 필요할 때 적절한 경험을 나눠주는 사람과 관계 맺고 있다는 것이 완벽하다는 증거일지도 모른다. 이 연결감이 세상에서 내가 사랑받는 존재라는 느낌이 들게 한다. '외롭다'고 징징거리다가 '따뜻함' 스위치를 켜고 충만하다.

부모님처럼 살기 싫다는 마음 때문에 살면서 애를 많이 썼다. 어린 시절 다른 집에 방문하는 것을 민폐라며 제재하고 여행은 꿈도 못 꾸게 하던 아버지의 굴레가 싫어서 결혼하고 열심히 여행 다녔다. 남편이 운전해서 가 주기는 해도 어디로 가서 무엇을 할지는 알아보지 않았다. 국내로 가든 해외로 가든 내가 일정과 교통편 등을 계획해야 했다. 함께 상의하며 알아보고 싶은데 남편은 웬만해서 관심 기울이지 않았다.

아버지에게 주눅 들어 자식을 보살피는 것에 마음 모을 여력이 없던 어머니의 사랑이 아쉬웠다. 그래서 미숙아로 태어나 나에게 기다림을 가르쳐 주는 자식 앞에서 눈물 날 때가 많았지만 좋은 엄마가 되려고 노력했다.

내 몸이 많이, 죽을 것같이 아프면서 알게 되었다. 동화 속 이야기 같은 가정을 만들려고 동분서주했다는 것을, 그것은 꿈이었다는 것을. 그 꿈을 좇다가 내가 지쳤다는 것을……

습관화된 두려움과 외로움을 수시로 만나는 이유는 내가 삶에서 깨우쳐야 할 중요한 무엇이 있기 때문인 것 같다. 한동안 '외롭다'는 말을 금지했다. 내 몸과 마음에 안전하다고 말하고 싶어서다. 이제 외로움의 차가운 기운이 왜 그리 나를 파고드는지 지켜보고 싶고 배워야 할 게 있다면 기꺼이 받아들이고 싶다.

삶에서 두려움과 외로움에 노출됨으로써 무엇을 배우고 있을까? 아버지 탓, 남편 탓도 했다. 하지만 결론은 내가 선택해서 만들어낸 것들이고 책임은 나에게 있음을 깨닫는다. 아픈 몸을 치유하는 건 나 자신이라는 것을 깨닫고 감사할 때도 있고 더듬거리고 비틀거리기도 하면서 걷고 있다.

'외로움' 스위치를 끄고 '따뜻함'을 켤 수도 있는데 방향 전환이 쉽지만은 않다. 스위치를 켜고 끄는 걸 어떻게 하냐며 징징대고 있다. 남편이 '외로움' 스위치 꺼줄 수 없다. 돌아가신 아버지가 '두려움' 스위치 꺼줄 수 없다. 내 몫이다.

나 스스로 사랑, 안전함, 평안함, 기쁨, 넉넉함을 선택할 수 있는데 완벽하게 이루어진 세상에서 결핍, 두려움, 외로움, 슬픔을 줍고 있었던 것은 아닌가 싶다. '외로움'이라는 불이 들어오면 스위치를 끄면 되는데 긴장한 채 외면하려고 했다.

주변 상황은 달라지지 않았는데 모든 것이 완벽하다는 말을 듣고 내가 바라보던 방향의 다른 쪽을 보니 마음이 가볍다. 내가 사랑 속에서 안정감 느끼며 평안하게 존재하기를 원하듯이 부모님이나 남편, 자식도 각자 존재할 뿐이라는 생각이 든다. 사랑에 대한 허기는 다른 사람이 아니라 내가 물들이고 채워야 한다는 생각이 든다. '사랑' 스위치도 내가 켜고 끌 수 있다. 내가 못나고 부족해도 존중하고 보살펴야 하듯이 남편이나 자식도 존중하고 보살필 필요가 있다. 눈물이 난다. 스스로 만든 '외로움'이라는 덩어리를 녹이나 보다.

내 속에는 겁먹고 외로워하는 아이와 스스로 안전을 찾고 묵묵히 걷는 아이가 있다. 묵묵히 걷는 아이가 때로 거센 바람에 흔들리기도 하지만 멈추지 않는다. 겁먹고 도망치던 외로워하는 아이도 묵묵히 걷는 아이를 따라간다. 스위치가 있고, 켤 수도 있고 끌 수도 있다는 것을 알게 되니까, '외로움'이 '감사'로 바뀐다. 편안하다.

영혼의 성장을 위해 시련을 계획하나?

병은 감정적으로 어려움이 극에 달했다는 표현이라고 한다. 질병을 통해 '나'에 대해 들여다볼수록 어린 시절 형성된 두려움이 존재했다. 몸의 통증을 통해 '지금'에 초점 맞추기를 배우고 있다. 나와 마주하면서 정신적으로 어려움이 극에 달했고 그 여파로 몸이 편치 않았다는 것을 인정한다. 두려움을 인정하고 내 안의 사랑받고 싶고 안전하고 싶은 욕구를 지켜보며 '나'라는 존재와 더 듬거리며 만나고 있다.

『웰컴 투 지구별』(산티, 2019년) 책을 읽었다. 저자는 장애, 병, 불의의 사고 등 삶의 시련은 우리가 태어나기 전에 계획한다고 한다.

아버지가 세 번의 자살 시도 끝에 이 세상을 떠나기까

지 나의 가족사는 꽁꽁 얼어붙은 어둠이 많다. 말하지 않아도 냉기가 느껴지는 날이 많고 그런 날은 도망칠 공간을 확보하는 게 중요했다. 무더운 여름날 언니와 함께 풀숲에 숨어 집에서 나는 소리에 귀 기울이곤 했다. 집에서 아무 소리도 안 날 때가 더 무서웠다.

정말로 병이나 사고가 태어나기 전에 미리 계획된 시련인지 궁금하다. 누군가의 삶은 평탄해 보이고, 누군가의 삶은 행운이 많아 보이고, 누군가의 삶은 남루하고, 누군가의 삶은 고통의 연속으로 보인다. 내 머리로는 완전히 이해할 수 없다. 그럼에도 이 책을 끝까지 다 읽은 이유는 그동안 내가 겪은 시련을 긍정적으로 연결해서 살아 있는 에너지로 만들고 싶은 잠재적 욕구인가 싶다.

사람의 진화 정도를 가늠하는 척도가 부정적인 것을 긍정적인 것으로 바꾸는 능력이라는데 내 영혼이 계획한 시련이 무엇이고, 무엇을 배우려는지 알고 싶다. 분노하고 화내는 아버지 앞에서 떨고 있는 어머니. 행여 어머니가 다칠까 봐 전전긍긍하던 형제들. 나는 화내는 아버지가 무섭기도 했지만 맞설 수 없다는 절망감이 더 컸다. 맞서서 하고 싶은 말들을 속으로 삭이며 분노했다. 그리고 기댈 수 없는 부모님의 빈 자리가 헛헛했다. 그런 속에서 내가 배우고자 했던 것은 무엇일까?

나는 이십 대까지는 어쩌다가 한 번씩 앓더니 삼십 대 초반부터는 불편하지 않은 날이 없다. 사십 대에는 더 힘들어서 활동적으로 움직일 수가 없다. 내가 건강하고 체력도 받쳐줬다면 직장에서 일 중독자로 지냈을 것 같다. 일을 통해 인정받고 싶은 욕구를 충족시키려 몸부림쳤을 거다. 일을 잘 처리하고 싶은 욕구 뒷면에 두려움이 있고, 인정받고 싶은 욕구 뒷면에 사랑받지 못한 감정이 숨어 있다. 몸 상태가 편안하지 않은 채 직장에 다닐 때도 완벽하게 일을 처리하려 애썼고 퇴사하지 않고 버텨보려 기를 썼다. 의지를 아무리 쥐어짜도 출근하지 못하고 병원에 자꾸 입원하게 되면서 퇴사를 결정했다. 내 몸을 추스를 때까지 기다려 준다는 사장님의 말이 감사했지만 타인에게 민폐 끼치기 싫어서다. 완벽해야 한다는 강박이다. 사랑받지 못할까 봐 두려워서다.

나를 대면하려면 질병을 통해 몸을 관찰하고 내면을 바라보게 할 수밖에 없었나 싶다. 병원에서 검사를 받으면 경계선에 놓여 있거나 몸의 여기저기에 혹들이 많다. 의사들은 여러 문제가 있지만 심각한 질병은 아니고, 면역력이 떨어지지만 명명할 수 있는 딱 떨어지는 검사 결과가 없으니까 행운이라고 말한다. 처음 그런 말 들을 때는 일상이 괴로운데 질병의 원인도 못 찾는다며 불평했다. 하지만 지금은 무서운 질병명 짊어지지 않고 사는 것에 감사하다. 복福이라고 생각한다. 내가 욕구 뒷면을 알아차리면서 통증은 있어도 일상을 챙기며 삶을 배워 나가는 축복을 선택했다.

지금의 나는 설거지만 해도 등이 빠지는 듯한 통증이 있고 기운이 달려서 자주 쉬어야 하는 몸 상태지만 어린 시절의 불편함이 올라올 때 대면할 수 있다. 왜 불편한지 나에게 물어보고 지켜본다. 일기를 쓰며 바라보기도 하고 명상을 하다 울기도 한다. 울거나 글을 쓰다 보면 다른 쪽 면이 보이고 연민의 감정과 이해하는 마음이 든다.

어머니의 무기력이 싫을 때도 있었지만 자식을 위해 아버지로부터 도망가지 않고 버티고 애쓴 용기에 감사하다. 내가 선택할 수 있다는 걸 죽을 때까지 몸으로 보여주신 아버지는 큰 스승이다. 좋은 것을 선택할 수 있을 때도 괴로움을 부여잡고 화내던 아버지를 통해서 '선택'이라는 말이 내 일상의 중요한 화두가 되었다. 아버지의 마지막마저 극단적 선택이라 마음이 아프지만 내가 원하는 게 무엇인지 더 깊이 들여다볼 수 있는 계기를 주신 것에 감사하다. 그리고 어린 시절 두려움에 떨면서 형제들과 나눈 연대를 사랑으로 기억한다. 여름날 풀숲에 숨어 언니와 두 손 잡고 있으면서 무서움을 함께 버텼다. 어머니가 뒷산으로 도망치는데 아버지가 뒤쫓아 가는 모습을 보면 이웃집으로 뛰어가 도와달라고 소리쳤다. 급하게 찾아가면 얼른 나와서 도움의 손길을 주던 그 이웃들에게 감사하다.

아프면서 내 안을 들여다보는 시간이 많다. 어쩌면 내 영혼이 '두렵고 울적한 느낌에 휩싸여 있는 나'를 발견하고 '사랑으로 존재하고 싶은 내 욕구'를 알게 하려고 질병을 계획했는지도 모른다. 소통 안 되던 아버지와의 만남을 통해 인내와 사랑을 선택하는 용기를 배우고, 혼자 있는 듯 외로움과 고립감에 빠지기도 하지만 손 내밀면 다가와 주는 가족과 이웃들을 통해 세상이 연결되어 있음을 배우고 있다. 시련을 통해서 내 영혼이 성장했는지 알 수는 없지만 내 삶에서 중요한 것이 무엇인지 들여다보고 선택할 수 있어서 감사하다.

나에게 책은 연결의 끈

독서는 나의 생활이다. 읽는 즐거움도 있고 지적 호기심을 채우기도 하고 위로받기도 한다. 독서와 생활이 별개가 아니라 더불어 존재하는 삶이다. 내가 책을 손에 쥐기 시작한 것은 십 대 후반부터였고 이십 대 들어서 문학을 공부했다. 순수문학의 강물에 들어가 현대소설, 시 등을 읽으며 감격했다. 아이를 키우면서는 육아 관련 서적을 읽다가 자기개발서, 심리학, 과학, 철학, 동양고전 등으로 독서영역이 점차 확장되었다. 책 읽는 사람으로서 일 년에 스물네 권은 읽으려고 한다.

책을 느릿느릿 꾸준히 읽은 이유는 숨을 쉬기 위해서다. 몸이 잘 긴장해서 호흡이 멈춰지거나 얕아지는 경우가 많다. 불안을 느낄 때가 많은데 책을 읽고 있으면 호흡이 깊어지고 몸과 마음이 안정된다. 책은 나에게 상처 주지 않고, 미처 모르던 것을 알게 해주고, 위로와 깨달음을 주는 대상이라 그 속으로 들어가 있으면 편안하다.

책을 읽는 사람과 만나 대화하면 편안해서 아이가 어렸을 때는 어린이 책을 읽는 독서 모임을 했다. 경쟁하지 않고 좋은 책을 나누며 더불어 살아가는 기쁨을 배우는 시간이었다. 직장 다니며 한동안 책 모임에서 멀리 있다가 자신이 읽은 책을 소개하는 독서 모임에 참여하면서 독서영역이 넓어졌다. 지금은 함께 읽는 독서 모임을 한다. 정혜신 선생님의 『당신이 옳다』(해냄, 2018년)를 다른 사람의 목소리를 따라가며 한 장씩 번갈아 가며 읽는다. 소리의 울림을 따라가다 보면 연결의 끈이 있는 느낌이다. 혼자서 책 읽을 때와 다르게 한 발 더 들어가 서로에게 마음을 열고 나누려는 자세로 공유한다. 책의 내용이 충고 · 조언 · 평가 · 판단 없이 무게를 실어 공감하는 내용인데다 누군가의 소리를 경청하는 자세는 편안하고 기쁘다. 온몸을 실은 공감, 경계를 품은 공감, 적정 심리학을 이야기하는 책을 읽다 보니 내면을 드러내도 안전하다는 느낌과 내 말에 귀 기울여주는 누군가가 있다는 것으로 충만해진다. 이번 주 독서 모임 과제로 '누구의 한 사람, 나의 한 사람'을 찾아보기로 했는데 함께 책 읽는 사람들이 그런 존재가 아닐까 싶다.

내가 책을 읽으면서 집중하고 요약하는 행위는 일상의 첫발이다. 읽으면서 작가가 하고자 하는 말을 요약하다 보면 내 틀에서 벗어나 다른 존재를 인정하게 된다. 따로 또 같이 살아가는 사람들과의 관계를 마주하는 힘이 생기는 것 같다.

읽은 책을 다 기억하지는 못한다. 다만 잠재의식의 어딘가에 저장되었다가 삶의 밑바닥 언저리에 닿을 즈음 손을 내밀어준다. 예를 들면 답답하고 막막한 상황일 때 신영복 선생님의 『감옥으로부터의 사색』(햇빛출판사, 1993년), 『담론』(돌베개, 2015년) 등의 책이 생각난다. 어떤 환경, 어떤 사람에게서든 배울 게 있고 머리로만 아는 게 아니라 실천이 중요하다는 말이 떠오른다. 그럼 나를 막막하게 한 대상에게 배워야 할 점이 있다는 생각이 든다. 어떻게 마주하고 좋은 선택을 하며 아름다운 삶을 살지 실천하려고 한다. 또는 인생 예습하듯이 김형경 선생님의 『좋은 이별』(사람풍경, 2019년) 책에서 상실, 이별, 결핍 앞에서 잘 애도하는 게 얼마나 중요한지 읽고 이별을 잘하려고 다짐했다. 최근 감당하기 버거운 이별을 겪으며 나의 애도 방식을 찾는다. 애도할 시간이라는 것을 기억하고 슬픔을 충분히 겪으려고 한다. 슬퍼해도 괜찮다는 마음이 이별을 마주할 수 있게 해준다. 크리스티안 노스럽의 『여성의 몸 여성의 지혜』(한문화, 2018년)를 읽은 후에는 내 몸이 통증을 느낄 때 병은 메시지라는 데 몸과 마음이 무슨 말을 하고 싶은 것인지 귀 기울이려고 한다. 귀 기울이면 통증이 고요해지기도 하고 몸의 메시지를 알아차리기도 한다.

이렇게 책은 숨통을 확보해서 긴장을 풀고 안정감 느끼게 해주는 내 삶의 동반자다. 늘 내 편이 되어 주는 친구이면서 위로자이고 스승이다. 책은 나와 세상을 연결해 주는 고마운 끈이다.

일상의 호흡, 명상

명상을 시작하고 내 몸에 습관이 되도록 100일은 해 보기로 했다. 100일이 될 때 설레고 기념하고 싶어서 나에게 시계를 사줬다. 그 뒤로도 하루하루 명상하는 날로 물들다 보니 일상이 소중하다. 이제는 1000일이 되고 3년이 되었다고 해서 기념하는 날이 아니라 순간순간에 감사할 뿐이다. 매일 알아차리고 지켜보며 일상을 챙기는 데 주의 모으고 있다.

호흡에 주의 모으고 명상하며 나를 마주하면서 예전보다 전전긍긍하는 부분이 줄었다. 내가 명상하며 가족에 대해 마주하기를 하지 않았으면 아버지의 죽음을 감당하기 어려웠을 것 같다. 후회와 슬픔에 빠져 있거나 원망과 분노로 불탔을 거라는 생각이 든다.

내가 가벼워지고 고요하고 편안해졌구나 싶다가 흔들리기도 한다. 내가 옳다면서 참견하고 마음대로 하려고 할 때도 있다. 그래도, 망상에 사로잡힌 것을 알아차리는 순간 '멈춤' 단추를 누른다. 턱이 들리고 호흡이 얕아지면 몸이 괴로워지는 경험을 하기 때문에 '명상'이라는 이름을 붙이지 않아도 수시로 호흡이 들어오고 나가는 것을 지켜보고 있다.

명상하면서 일상으로 시작한 일들이 여러 가지 있다. 습관적으로 사용하던 '우울해', '외로워'라는 말을 멈춤으로써 바른 수행자가 되려고 했다. 1년 넘게 말하지 않으니까 그 감정으로 빠져드는 횟수도 줄었다. 바른 언어를 통해 정화되는 것 같다.

명상하기 전보다 부정적인 언어가 불편하다. 그래서 특정한 단어를 금기하는 데서 나아가 바른 언어로 생활하려고 주의를 모은다. 남의 험담이나 비교하는 말이 내 몸을 긴장시키기도 하고, 집착과 욕망으로 얼룩진 뉴스나 드라마가 상처 자국처럼 남는다. 오랜 시간 동안 대화를 나눠도 편안한 사람이 있고 잠깐 함께 있었을 뿐인데도 에너지가 다 빠져나가는 느낌이 들기도 한다. 사람들과 연결되어 영향을 주고받는 경험을 한다. 좋은 느낌과 불편한 느낌을 명료하게 느끼곤 하는 데 내 힘이 미약해서 부정적인 에너지를 소화하기가 어렵다. 그래서 바른 언어와 태도로 존재하는 것에 초점을 맞추고 있다.

　명상 초반에는 일지를 쓰듯 시작했는데 내 속의 나와 접속하면서 글쓰기로 풀어내고 있다. 나를 이해하고 받아들이는 데도 도움이 되고 나와 연결된 사람들을 마주 보기도 한다. 나에게 있어서 글쓰기는 명상의 알아차림과 같다. 글을 쓰며 분노인 줄 알았던 일이 슬픔이었고 그 속에 두려움이 숨어 있음을 발견하곤 한다. 더 들여다보면 사랑받고 싶은 내가 어떻게 해야 할지 몰라서 허둥대고 있는 게 보인다. 그렇게 알아차리고 나면 딱딱한 덩어리가 조금씩 녹는 느낌이다.

　아버지가 돌아가시고 『티벳 사자死者의 서書』(정신세계사, 2017년)를 읽으며 정화하기 명상을 49일 동안 했다. 아버지와의 인연장이 잘 마무리되기를 바라는 마음이었고 화를 많이 내던 아버지가 이제 편안해지기를 바라는 49재의 제의였다. 49재 날 그동안 쓴 나의 글을 책으로 출판해야겠다는 마음이 올라왔고 나는 저항 없이 받아들였다.

　명상하다 커피를 절제하기 시작했다. 오랫동안 아프면서 내가 아끼고 좋아하는 것을 기꺼이 내놓은 적이 없다는 생각이 들어서다. 기운 없어서 어쩔 수 없이 행동의 폭을 좁히는 포기가 아니다. 내가 먹는 것 중에서 유일하게 '너무 좋다'며 30년 넘게 마시던 커피, 내 삶의 유일한 기쁨처럼 여겨지기도 하던 커피를 성경 속 아브라함이 아들을 하나님에게 바치듯이 내놓았다.

아프다고 아우성치는 몸을 위해 가장 아끼는 커피를 내놓음으로써 예의를 갖추고자 했다. 7개월 동안 커피를 아예 먹지 않았다. 한동안 두통을 동반한 금단현상을 겪었다. 30년 넘게 하루에 두 잔씩 커피 마시던 습관을 멈추는 것에 따르는 저항을 지켜보았다.

7개월 동안 커피를 안 마시다가 다시 먹었을 때는 몸이 커피를 감당하지 못하고 체했다. 가슴이 두근거리기도 했다. 최근에는 일주일에 세 잔 정도 마실 수 있다. 쌉싸름하면서 따뜻한 커피를 마시고 있으면 기분이 좋지만 절제한다. 몸의 반응을 살피고 있다. 커피를 더 절제해야 할지 더 마셔도 될지는 몸이 알려주리라 믿는다. 커피를 통해 몸과 먹거리의 조화를 배우는 중이다. 어떤 음식을 어떻게 먹느냐에 따라 맑고 고요한 상태에도 영향을 주지 않을까 싶다.

일상의 호흡에 주의 모으면서 삶의 태도와 방향이 좋은 쪽으로 물든다. 남들에게 보여주는 성실함이 아니라 내 삶에 대해 성실하다. 내가 지금 걸을 수 있는 것에 감사하면서 몸을 위해 수시로 스트레칭을 한다. 매일 절운동, 전신 스트레칭 30여 분, 국민체조, 걷기를 한다. 살아있는 날 동안 내 몸이 굳지 않도록 돕기로 했다. 아무도 나에게 하라고 강요하는 사람은 없지만 매일 일상으로 챙긴다.

처음부터 의도했던 것은 없다. 명상도 언제까지 얼마만큼 해야겠다는 목표 없이 시작했다. 다만 시작했으니 100일은 해보자는 마음이 올라왔고 이왕 시작했으니 1,000일은 지속해서 내 몸이 기억할 수 있도록 시간을 갖자고 생각했다. 명상이 수행이라는 것도 매일 하다 보니 몸과 마음으로 수용되었다. 명상하다 언어가 중요하다는 생각이 들었고 수행자로서 바른 태도로 존재하고 싶어졌다.

어떤 일이든 겪으려는 태도가 나를 자유롭게 한다.
해소하지 못한 채 쑤셔 박아두었던 감정들을 마주하고 알아차릴수록 수행자의 태도를 받아들이게 되었다. 불편함을 마주하고 인정하며 어느 순간 수용하기도 한다. 자주 통증을 호소하는 몸의 감각이 알아차림을 실천하는 바로미터가 되고 어린 시절부터 해소하지 못한 감정들을 상처로 묻어두었다가 그것이 상처가 아니라 내가 배우는 과정이었다는 것을 알게 되었다. 나는 지금도 몸의 통증으로 불편할 때도 있고 감정이 부대끼기도 한다. 명상을 시작하고 똑같은 일로 똑같이 감정 상하거나 화내는 경험도 한다. 그래도, 1000일을 지나 3년 넘게 매일 명상하면서 '괜찮다', '선택하고 책임진다', '안전하다' '온전하다'는 것을 배우고 있다. 겪으려는 태도가 상황마다 마주하는 힘을 준다.

몸에도 변화가 있다. 몸이 나에게 큰 선물을 했다. 매일 명상하고 스트레칭하며 호흡에 집중했는데 난소에 있던 혹이 사라졌다. 8년 동안 내 몸에 있었는데 얼마 전 초음파 검사에서 안 보인다고 한다. 폐경이 돼도 그냥은 사라지지 않으며, 난소에 있는 혹은 예후도 좋지 않다며 수술을 권유받기도 했는데 없어졌다. 몸이 준 이 선물을 기꺼이 받으며 감사하다.

내가 올바르게 명상하고 있는지 궁금할 때도 있는데 필요한 순간마다 적절한 스승이 나타나서 도움을 준다. 명상 입문에 도움을 주었던 분이나 자애명상을 알려주고 도반이 된 선생님과 만나기도 하고, 인터넷을 통해 나보다 먼저 명상을 시작한 사람의 이야기를 통해 배우기도 하고, 좋은 책으로 연결되기도 한다. 내가 좀 더 확장할 수 있는 준비가 되면 스승이 찾아오나 싶을 때도 있다. 예상하지 못한 순간에 연결감을 느끼면 내가 사랑받는 존재 같아서 충만하다.

언젠가부터 비교하는 말을 절제하고 '감사'하다는 말은 자주 한다. 일상이 소중하고 감사하게 느껴진다. 고단하게 느껴지던 대상들이 스승으로 여겨지고 내가 깨닫도록 애써준 그들에게 감사하다. 이러다가도 순식간에 사방 벽에 막힌 듯 막막하기도 하지만 숨이 들어오고 나가며 호흡하듯이 일상으로 돌아오게 된다. 나의 일상은 하루 45분 이상 명상하고, 글 쓰며 바른 언어와 태도로 존재하려 마음 모으고, 좋은 책을 읽고, 알토 리코더를 연주하고, 산책을 하고, 전신 스트레칭을 한다. 명상은 일상의 호흡이고 중심 기둥이다. 감사하다.

저항하지 않으니 삶이 더 평안해지는 것 같다. 날마다 새로운 날을 맞이하고, 살아있으니 좋은 선택하며, 아름답게 물드는 순간을 산다. 감사하다.

|발문| 최학 소설가

동통(疼痛)과 함께 하는 긍정의 사유(思惟)

동통(疼痛)과 함께 하는 긍정의 사유(思惟)

1.

이원론(二元論)적으로 보자면 일단 나의 육신은 내 정신의 종속물이다. 내가 하고자 하면 손가락을 움직일 수 있고 고개를 젖힐 수 있다. 이렇듯 육신을 조종할 수 있다는 사실보다 언제든 육신을 관찰할 수 있다는 점에서 정신(마음)을 육신에 비해 상위 개념으로 설정할 수 있는 것이다. 반대로, 육신이 정신을 돌보는 경우가 있던가?

허나 정신과 육신을 분리하는 데카르트 식의 이런 이원론은 우리의 현실적 삶에 별다른 도움이 되질 못한다. 뜻(마음)하지 않게 어느 날부터 내 몸이 동통(疼痛)에 지배당할 때, 나의 정신이 그 통증의 영향을 온전히 벗어날 방법이 있는가? 조종, 관찰은커녕 되레 육신의 고통에 억압되어 그 미미한 작동에까지 눈치를 보며 살아갈 수밖에 없는 것이 우리의 삶인 까닭에서다.

김영식의 글들은 그 육신의 동통과 함께 하는 명상의 기록이다. 명상이라고 해서 무슨 심오한 존재론적 사유나 미학적 정서를 곁들이고 있으리라 여기면 오해가 된다. 단지 오랜 투병을 거치면서 터득한 지혜 즉 다시금 육신과 정신을 분리한 가운데 가능한 한 병에 대해서도 관조적 태세를 가져보자는 사유 그리고 그 동통 가운데서 새롭게 터득하는 타자와의 관계에 대한 토로라고 보면 무방하다.

그의 육신에 두서없이 덮쳐오는 병은 우리가 흔히 알고 있는 병도 아니며 조만간 생명을 앗아갈 그런 강력한 것도 아니다. 그러나 가지가지의 병은 오래 그의 몸속에 침윤하여 끝없는 통증을 유발시킨다. 하여 그러한 육신을 가진 주인공은 오죽하면 전생에서 원인을 찾고 신을 원망하기까지 할까.

내가 전생에 쌓은 카르마가 많아서 통증을 통해 정화해야 할 게 많은 삶이라고 신이 말씀하신다면 억울하다고 말하고 싶다. 15년 넘게 그만큼 아팠으면 된 거 아닌지, 차라리 태어나게 하지 말지 왜 태어나게 하고 몸으로 오는 통증과 친구가 되어 보려고 이렇게 애를 써야 하는지 따지고 싶다. 하지만, 이런 젠장! 내가 신에게 따지면 신도 할 말이 있을 것 같다. — 「B형 독감을 겪으며」

이렇듯 오랜 기간 병과 함께 하다보면 지친 정신이 저절로 육신에서 유리되는 느낌을 가질 법하다.

아메리카 인디언들은 말을 타고 달리다가 어느 순간 멈추고 영혼이 잘 따라오기를 기다렸다고 한다. 내 몸이 자주 아프면서 몸과 마음의 속도가 다르다는 것을 알게 돼서인지 영혼이 따라오기를 기다리던 인디언들의 태도가 지혜롭게 느껴진다. — 「엇박자」

몸과 마음의 이질적인 속도감에서도 온전히 동통만을 떨쳐버릴 수 없음을 잘 알기에 그 또한 아메리카 인디언마냥 뒤쳐진 영혼이 따라오기를 기다릴 수밖에 없으며 그와 동행한 가운데 통증이 보내오는 진정한 신호가 무엇인가를 모색할 도리밖에 없다. 하여 '내 몸이 통증을 통해 알려주고 싶은 게 무엇일까?'(「몸을 사랑과 연민의 마음으로 보살피기」)를 자문하며 '통증은 살아있는 자의 몸부림이다. 부대끼고 고통스러워도 통증을 온전히 마주하면 그 아래에 숨어있는 감정이 보인다. 어쩌면 이번 통증이 나에게 남아있는 두려움의 찌꺼기를 마주하고 해결하기 위한 과정인지도 모르겠다.'(「몸을 사랑과 연민의 마음으로 보살피기」)는 성찰을 갖게 한다.

'두려움의 찌꺼기'에 아버지가 있다. 아버지는 여든 넘긴 나이임에도 불구하고 어머니에게 의처증을 드러낸다. 마침내 아버지는 두 차례의 자살미수 끝에 세 번째 시도로 숨졌다. 세상을 떠나는 마당에서도 아버지는 반성과 후회의 말은 한 마디 없었다.

아버지의 장례를 치르고 집에 가서 정리하는데 거실, 방, 장롱, 침대 등에서 아내와 자식을 원망하는 글이 나왔다. 살아계실 때는 살벌한 분위기와 언어폭력으로 가족을 쩔쩔매게 하더니 돌아가시고는 아버지 스스로 선택하는 죽음을 막지 못한 죄인으로 만드셨다. ― 「우울한 날, 카페에서」

내 육신의 아픔은 어디서 온 것일까? 스스로 생애를 마감하는 자리에서까지 처자식에 대한 원망만 늘어놓은 그 아버지가 혹여 내 두려움의 근원은 아니었을까.

괴로움을 몸소 실천하느라 팍팍했을 아버지의 삶에 가슴이 아픕니다. 가족들을 원망하는 말을 남겨두고 스스로 선택하신 마지막 순간이 어땠을까 싶어요. 남아 있는 가족의 슬픔처럼 마지막 순간의 그 고통이 고되지 않았을까 싶어서 마음이 아파요. 제가 원하는 게 아버지에게 사랑받고 사랑하기라는 것을 깨닫고도 어떻게 접근해야 할지 망설이다 피했어요. 아버지도 가족들과 어떻게 사랑해야 하는지 모르셨던 것 같아요. 우리의 인연이 이렇게 끝나지 않았으면 좋았을 텐데 안타까워요. ― 「아주 멀리 가신 아버지에게」

하지만 병과 그 병에서 유발되는 동통과도 유화적 관계를 설정하면서 그가 보내오는 신호에 귀 기울이는 지금 내 고통의 근원에다 아버지를 끌어올 이유는 없다. 적대적 관계에서는 병을 치유할 수 없다는 각성을 가진 오늘의 시점에서는 아버지에 대한 원망과 그로 인한 두려움마저도 얼마든지 연민과 사랑으로 환치할 수 있다. 그리고 이러한 인식의 전환은 아버지의 차원을 뛰어넘어 현재의 관계 즉 딸과 남편에게로 확산되면서 더 긍정적인 삶의 실마리를 제공하게 된다.

나는 나일 뿐이다. 평안하고 행복하게 살기를 갈망하는 나다. 사랑하고 사랑받고 싶은 나다. 주차하는 게 무서운 초보운전자처럼 원하는 것을 찾고도 표현하기 낯설고 불편해서 어려워한다. 늘 도망가려던 내 삶의 태도에 미안하다. 이제, 도망치고 싶지 않다. 좀 어려워도 나를 보살피면서 살고 싶다. ― 「나는 나일 뿐이다」

어제 아팠던 '내'가 오늘도 아픈 '나'일 필요가 없다. 알아차렸으니 나는 이제 '아프지 않은 나', '건강한 나'를 받아들인다. 이제 고단한 현실로부터 몸의 통증으로 도망치지 않아도 괜찮다. 나는 안전하다. ― 「도망치지 않아도 괜찮다」

오늘 실컷 울고 몸과 마음이 평안하다. 충만하다는 표현이 더 어울릴지도 모른다. 매 순간을 알아차릴 뿐이라는 말이 떠오른다. 가슴에 온기가 퍼지고 사랑 에너지가 느껴진다. 햇살이 충만하다. 헛헛할 때는 그 따스한 감촉으로 위로받았는데, 오늘은 뭔가 연결된 듯하고, 눈물이 흐르고, 충만함이 차오른다. ― 「햇살 속에서 눈물 흘리며 충만하다」

2.

길지 않은 삶을 살아가는 우리네 생에서 아픔 없는 생을 누리는 이가 과연 있기나 할까? 몸이 안 아프면 마음이 아프고 마음이 아프면 따라서 몸도 아프고 결국 심신이 죄다 괴롭고 아플 수밖에 없는 것이 삶의 숙명인지도 모르겠다. 그러나 분명 사람에 따라서 차이는 있다. 더 아프고 덜 아픈 차이, 오래 아프고 짧게 아픈 차이…… 이 점에서 보면 이 글을 쓴 이는 일반 혹은 보통보다 훨씬 안 좋은 쪽에 위치한다. 그렇지만 그러한 별남이 있었기에 그에게는 이러한 진정성 넘치는 글쓰기가 가능하였고 그 글을 통해 독자들은 또 낯선 그에게도 낯설지 않게 따뜻한 손을 내밀 수 있게 되었다.

그의 언어는 결코 과장돼 있지 않고 화려하지 않다. 독백마냥 들려주는 내밀한 이야기는 초가 추녀 끝에서 떨어지는 낙숫물 소리 같은가 하면 초저녁 숲에서 우는 새 소리 같기도 하다. 고요하고 잔잔하면서도 진솔하기에 소리에 민감하지 않아도 절로 귀를 기울이게 한다. 그렇게 귀 기울이다보면 어느새 그의 아픔이 내 아픔으로 다가오고 긍정의 힘으로 삶을 바꾸고자 하는 그의 노력에 나의 응원을 보태게 되는 것이다.

뒤늦게 밝히지만, 김영식은 근 30년 전 나의 문학 강의실에 앉아 있던 학생이었다. 각별히 드러나는 학생도 아니었다. 졸업 후 몇 차례 만남이 있기도 했지만 그건 늘 의례적인 것이었다. 직장을 다니고 결혼을 하고 아이의 엄마가 되었다는 소식은 들었지만 그가 어떠한 삶을 사는지를 몰랐고 또 내 관심사도 아니었다.

그렇게 수십 년이 후딱 흐른 뒤 어느 날 문득 그가 떨리는 음성으로 원고 이야기를 꺼냈고 마침내 나는 기꺼이 그것을 마주했다. 빠르게 전문을 읽어 내리는 내내 안쓰러움이 앞섰지만 다 읽고 나서는 그냥 '고맙다'는 마음뿐이었다. 못된 병들과 힘들게 동행해 온 내력이 그렇고 거기서 키우고 길들여온 사유와 그 언어적 표현의 성과를 확인한 데서 가지는 내 마음이었다.

얘기 같지 않은 얘기들이 세상을 뒤덮고 말도 안 되는 말이 범람하는 시대이기에 수수하면서도 절박하고 황량

하면서도 따뜻한 그의 참말을 만날 수 있음이 얼마나 다행인가!

　책을 내는 마당에 옛 선생으로서 달리 할 말은 없다. 너도 이제 덜 아프게 살자구나…….

2021년 7월
황산 기슭 제강책실에서 씀

겪고, 선택하고, 연습하며,

1쇄 발행일 | 2021년 07월 27일

지은이 | 김영식
펴낸이 | 윤영수
펴낸곳 | 문학나무
편집 기획 | 03085 서울 종로구 동숭4나길 28-1 예일하우스 301호
이메일 | mhnmoo@hanmail.net

출판등록 | 제312-2011-000064호 1991. 1. 5.
영업 마케팅부 | 전화 | 02-302-1250, 팩스 | 02-302-1251
ⓒ김영식, 2021

ISBN 979-11-5629-128-2 03810